『マクベス』

七五調訳シェイクスピア
シリーズ〈2〉

今西 薫

まえがき

『マクベス』（1606）は、シェイクスピア（1564 ～ 1616）の『ハムレット』（1600）、『オセロ』（1603）、『リア王』（1605）と合わせて、四大悲劇と言われている。この頃が彼の絶頂期で、『マクベス』は、彼の 42 歳の時の作品である。

劇作家としてデビューし始めた頃の作品は、歴史劇の『ヘンリー六世』（1592）と残酷な復讐劇の『タイタス・アンドロニカス』（1592）である。その上演の直後、同年にロンドンでペストが大流行し、それが 1594 年まで終息せず、ロンドンの劇場はその間、閉鎖されていた（2020 年からコロナのために閉鎖されていた日本の劇場とよく似た状況である）。ペストの終息後に上演されたのが、『ロミオとジュリエット』（1595）や『（真）夏の夜の夢』（1595）などの淡い夢がある恋愛劇である。それから５年後に四大悲劇の時代が到来する。

『マクベス』の初演は、ジェイムズ一世が義理の弟であるデンマーク王を迎えて、ロンドン郊外にあるハンプトン・コート宮殿で行われた。この宮殿はヘンリー八世の所有であったし、その娘がエリザベス一世で、彼女亡き後、スコットランド王ジェイムズ六世が、イングランド、アイルランド王も兼ねてジェイムズ一世となったのが 1603 年である。

シェイクスピアの時代には、イギリスでは羊毛製品の需要の高まりにより、羊の放牧のために「囲い込み」が行われ、零細農家の人々は土地を失い、やむなく移流民、即ち、放浪者と化していた。これにより、放浪者を取り締まる法律ができ、旅回りの劇団も放浪者の一群と同類に扱われ、移動は法に触れることになった。そこで、劇団であるのなら、それを保証する有力者のパトロンがいることが義務づけられた。このパトロン制度は劇団に経済的な援助が必ずしもあるというわけではなく、名目上だけでも劇団を抱えていることは、有力者には外面の良い誇らしげなことであった。また、劇団には巡業を継続できるか否かという死活問題であり、相互の思惑によって関係は成立していた。

シェイクスピアが所属していたのは侍従長で、劇団名は「侍従長一座」であった。ところが、ジェイムズ一世が即位した後、「国王一座」に格上げされ、宮廷での上演回数も増え、シェイクスピアの円熟期であったことも重なり、興行的にも大成功であり、劇団の収益も上がっていた。このことにより、シェイクスピアは故郷ストラットフォード・アポン・エイボンに土地を購入して邸宅を建て、老後というには少し早過ぎるが47歳で作家家業を辞めた。そして、52歳で亡くなるまで5年間という短い期間ではあるが、悠々自適の暮らしができたのである。

シェイクスピアは『マクベス』を作る際、ホリンシェッドの『年代記』を下敷きにしつつ、事件や舞台にスコットランドというジェイムズ一世の故郷を選び、スチュアート家の血筋の祖先であるバンクォーを知的で勇敢な人格者として描いている。さらに、バンクォーから続く王家の子孫を幻影として登場させたりしていて、明らかにジェイムズ一世を意識しているのが分かる。また、ジェイムズ一世はイギリス王であったエドワード懺悔王と同じように「神秘な（神の）力」を備えていて、それによって民衆の難病を治癒していたとされている。シェイクスピアはこの作品を作るにあたって、魔力や魔術を信じる王の歓心を買おうとした側面も否定できない。

『マクベス』がこうして作られた動機とは別に、この作品はマクベスの心の闇に焦点を当てて、刻一刻と変わる彼の心の動きを巧みに捉えている。魔女の言葉に唆され、マクベス夫人に後押しをされ、悪事を重ね、自ら「大釜」の中に没してしまうマクベスの生きざまが見事に描かれている。

この劇の進行スピードはいたって速く、劇は直線的に動き、躍動感がある。そのリズムが七五調によって、より鮮明になっていることと信じている。なお、今回は七五、五七にこだわらず、調子の良い「雷　稲妻　雨の中」（四四五）は、「言葉の　テンポが　軽やかだ」し、「それは　それは　ご親切」や「やって　やって　やりまくる」（三三五）、という語調も「とても　とても　スムーズで」あるし、「あたいも　ひと吹き　送ってやるよ」（四四七）も「力と　躍動　内包してる」と感じるので、できるだけ、言葉の突っかかりがないように配慮しつつ、他にもいろんな口調を試してみた。

現在に至るまで、シェイクスピア研究者の幾人かの方々が、『マクベス』の翻訳を手掛けられている。訳文を見ても、それぞれの苦労が滲み出ている。マクベスが魔女に騙されたと分かり愕然とする場が、クライマックスに二段構えで出てくる。一つ目は、「ダンシネーンの森」のトリックである。ここは、どの訳文を見ても、しっかり訳されている。ところが、一番大切なもう一つの魔女の二枚舌である「女から生まれた男にはマクベスは殺されたりはしない」という、シェイクスピアの大得意の「だじゃれ」を生かし切って訳されている方が一人もいないという点が私にはずっと不満であった（全員の訳を読んだわけではないので、正しく訳されている方がいらっしゃれば謝罪します）。

この魔女が発する未来予言の言葉には、実は別の意味がある。これが最も大事なのに、肝心な点が欠落している。日本語で読む読者には、原典の「二枚舌／裏の意味」が理解されないし、これではシェイクスピアが失望するのでは？と考え、最後はこの一点に集中して仕上げた翻訳がこの作品である。

シェイクスピアに認めてもらえるかどうかは分からないが、自分なりに、そこをクリアできるように訳してみた。大袈裟に言うほど大した工夫ではないのだが、それが成功しているかどうかのご判断は読者にお任せします。

目　次

主な登場人物

ダンカン	スコットランド王
マルコム	ダンカンの長男
ドナルベイン	ダンカンの次男
マクベス	ダンカン王の軍隊の将軍、後にスコットランドの王位に就く
バンクォー	同じくダンカン王の軍隊の将軍
マクダフ	スコットランドの貴族
レノックス	〃
ロス	〃
メンティース	〃
アンガス	〃
ケイスネス	〃
フリーアンス	バンクォーの息子
シィワード	ノーサンバランド伯爵／イングランド軍の指揮官
子息	シィワードの未成年の息子
シートン	マクベスの親衛兵（鎧持ち）
息子	マクダフの息子
イングランドの医者	
スコットランドの医者	
隊長	
門番	

老人
刺客１、２、３
マクベス夫人
マクダフ夫人
侍女　　　　　　　マクベス夫人の侍女
三人の魔女
ヘカティ　　　　　悪魔の女王
幻影たち
その他、貴族、従者、将校、別の刺客、兵士、使者など

第1幕

第1場

荒野　雷鳴と稲妻

（三人の魔女　登場）

魔女1

あたいらが　次に会うのは　いつなのさ？
雷　稲妻　雨の中[1]？

魔女2

どさくさ　紛(まぎ)れ
戦(いくさ)　勝ったり　負けたりと

魔女3

陽が落ちる前

魔女1

場所はどこ？

魔女2

荒野だな

1　荒天は魔女が起こす災いだとされている

魔女３

出会うのは　マクベスだ

魔女１

今すぐ行くよ　グレイマルキン[2]！

魔女２

呼んでいるのは　ヒキガエル

魔女３

今すぐだから

魔女三人

良いことは　悪いこと
悪いこと　良いことだ[3]
霧の中　澱(よど)んだ空気
切り裂いて　飛び回ろうよ

（魔女たち　霧の中に姿を消す）

2　魔女の飼い猫

3　魔女にとって「善」は「悪」であり、「悪」は「善」

第2場

フォレス[4]近くの王の陣営　トランペットの音

（ダンカン王　マルコム　ドナルベイン
レノックス　従者　負傷した兵士　登場）

ダンカン

血を流してる　あの男　何者か？
あの様子では　最新の
反乱軍の　模様など
伝えに来たに　相違ない

マルコム

あの方は　隊長で
武勇に猛(たけ)る　戦士です
捕縛(ほばく)の危機に　あった時
救ってくれた　恩人だ
（隊長に）やあ　勇敢な　我が友よ！
戦場を　後にした時
戦況は　どうだったかを
報告なさい　王さまに

隊長

4　スコットランド北部の当時の首都

戦況は　あたかも二人　泳ぎ手が
疲労困憊　水の中
お互いが　お互いに　しがみつき
にっちもさっちも　いかなくて
勝負は長く　決着つかず
マクドナルドは　悪逆非道
西の島[5]から　傭兵の
侮りがたい　大軍を得て
運命の　女神はなぜか　逆族に
一時(ひととき)ばかり　微笑んで
奴の情婦に　落ちると見えし　その時に
猛虎　マクベス　現れて
運命などに　目もくれず
剣(つるぎ)を振い　血飛沫(しぶき)を上げ
敵を次々　薙(な)ぎ倒し
敵陣深く　斬り込んで
目指す賊将　見るとすぐ
腹から顎へ　斬り裂いて
その首高く　胸壁に　掲げたり

ダンカン

ああ何と　勇壮なるか　我が縁者

隊長

5　スコットランドのヘブリディーズ諸島

太陽が　眩(まぶ)しく昇る　東の空に
船を沈める　危険な嵐　起こるが如く
安全で　あるべき所
危難の相が　現れし
お聞きください　ダンカン王よ
武勇によって　正義が為され
敵兵どもを　蹴散らすと
機を狙ってた　ノルウェー王が
武装　新たに　軍を増し
急襲かけて　きたのです

ダンカン

我が将軍の　マクベス　バンクォー
さぞかし肝を　冷やしたに　違いない

隊長

鷲が雀に　ライオンが　兎にと
肝を冷やすと　言われるのなら
それほどならば　冷やされたかも
両将軍は　火薬を二倍　詰め込んだ
大砲に似て　敵に倍する　攻撃を
加えていって　奮戦を！
その壮絶さ　傷口からは
吹き溢れくる　血の海に
身を投げ出すと　ご決意か

ゴルゴタ[6]の地を　再現される　おつもりか
判断できぬ　猛烈さ
ああダメだ　失血で　気が遠くなる

ダンカン

その言葉　その傷も　勇者の印
連れて行き　傷の手当てを　いたすのだ！

（隊長　付き添われ　退場）

そこに来たのは　誰なのだ？

（ロス　アンガス　登場）

マルコム

ご立派な　ロスの領主で　ございます

レノックス

ただならぬこと　起こったようだ
彼の目が　慌ただしさを　物語る

ロス

神のご加護が　王さまに！

ダンカン

どちらから　来られたのです？

6　キリスト磔（はりつけ）の地　ギリシャ語で「頭蓋骨」の意味

ロス

ファイフ[7]から　そこはもう
ノルウェーの　旗が空　覆(おお)い尽くして
人々の　心胆(しんたん)を
寒からしめて　いるのです
ノルウェー王が　率いた　大軍
援軍につく　謀反人　コードー領主
ノルウェー王の　攻撃は　激烈で
それに対する　マクベスは
軍神マルス[8]　体現したか
甲冑(かっちゅう)に　身を固め
強敵を　敢然と　迎え撃ち
切っ先交え　ノルウェー王の
野心さえ　打ち砕き
我が軍が　勝ち取ったのは　大勝利

ダンカン

大いなる　喜び満ちた　知らせだな！

ロス

ノルウェー王の　スウィーノー
和睦を求め　交渉に

7　スコットランドの東海岸に位置する地域。ゴルフの聖地セント・アンドリュースがある
8　戦いの女神ベローナの夫

我が方(ほう)は　聖コラム島[9]　そこにての
一万ドルの　賠償金の
支払いせねば　敵の兵士の　埋葬を
許したりせぬ　つもりです

ダンカン

コードー領主　二度と私に　叛(そむ)かぬように
即刻　彼を　死刑にし
称号は　マクベスに　授けよう

ロス

仰せの通り　いたします

ダンカン

あの男　失くしたものを
高貴　マクベス　それを継ぐ

（一同　退場）

9　現在のインチカム島

第３場

ヒースが生い茂った野原　雷鳴の音

（三人の魔女　登場）

魔女１

どこへ行ってた　同胞よ？

魔女２

豚を殺しに　行っていた

魔女３

同胞よ　おまえはどこへ？

魔女１

水夫の嫁が　膝掛に　栗を載せ
くちゃくちゃくちゃと　食っていた
あたいにくれと　言ってみた
「魔女なんか　消えちまえ！」
肥満ババアが　ぬかしおる
亭主は海を　渡っていって　アレッポ[10]へ
タイガー号の　船長さ
ふるい[11]に乗って　追っかけて

10　シリア北部
11　粒状のものを選別する道具。魔女はボート代わりに使う

尾のない　ネズミ[12]に　姿変え
やって　やって　やりまくる

魔女２

風をひと吹き　送ってやるさ

魔女１

それは　それは　ご親切

魔女３

あたいも　ひと吹き　送ってやるよ

魔女１

あとの風　あたいがみんな　吹かせよう
海図　載ってる　どの港にも　入れない
あたいが送る　強風で
奴が日干しに　なるまでずっと　吹き続け
夜も昼でも　眠り奪って　やるんだよ
七日七晩　その九倍の　また九倍だ
そうなれば　奴の体は
萎(しな)びきり　痩せ細り　やつれ果て
たとえ船　沈まなくとも
嵐にもまれ　キリキリ舞いだ
見てみなよ　大事な品を　見てみなよ

魔女２

見せなよ　見せて　何なのよ

12　魔女は動物に変身するが、どこか欠落箇所がある

魔女１

舵取りの　親指だ

帰路の　難破で　オダブツに

（舞台裏で　太鼓の音）

魔女３

太鼓だ太鼓　マクベス殿の　登場だ

魔女三人

謎の姉妹が　手に手を取って

海でも陸も　疾風のよう

グルグル　グルリ　駆け回る

あんた三回　あたい三回

さらに三回　計九回だ

シィーッ！　これでいい

呪いの糸は　しっかりと　結ばれた

（マクベス　バンクォー　登場）

マクベス

こんなにも　悍（おぞ）ましく

こんなにも　晴れやかな日は　初めてだ

バンクォー

フォレスまで　あとどのくらい？

何者だ　あそこにいるの！
あれほどまでに　萎び果て
あんなにも　奇怪な身なり
この世の者と　思われん
だがしかし　確かにいるぞ
生きておるのか？　人の言葉は　分かるのか？
何となく　わしの話が　通じるようだ
三人揃い　唇に
ひび割れた指　押し当てて
女に違い　あるまいが
ヒゲが生(は)えてる　違うかも

マクベス

話せるのなら　話してみろよ
何者だ　おまえたち？

魔女１

おめでたい　マクベス殿は
おめでとう　グラームス　領主さま

魔女２

おめでたい　マクベス殿は
おめでとう　コードーの　領主さま

魔女３

おめでたい　マクベス殿は
その後は　王さまに

バンクォー

マクベス殿よ　なぜ驚くか？
晴れやかな　ことなのに
正直に　答えろよ
おまえらは　幻か
目に映る　そのままの　存在なのか
わしの立派な　同僚は
おまえらに　現在の
称号で　呼びかけられて
さらに栄達　告げられて
王位でさえも　予言され
茫然自失　しているぞ
わしにも何か　言うことないか？
もしおまえらが「時」の種　見通せるなら
どの種が　芽を吹き出して
どの種は　実らぬのかは　分かるだろ
わしにも告げろ！
おまえらに　わしはへつらう　ことはない
怖れることも　何もない
予言でも　言いたいことを　言えばいい

魔女 1

おめでたい！

魔女 2

おめでたい！

魔女 3

おめでたい！

魔女１

マクベスに　劣りはするが

マクベスよりは　偉大でな

魔女２

マクベスほどに　幸せでない

だがずっと　幸せで

魔女３

王になれんが　王さまたちの　御先祖に

二人揃って　おめでとう

マクベス殿と　バンクォー殿に

魔女１

バンクォー殿も　マクベス殿も　おめでとう！

マクベス

待て　言うことが　曖昧だ

先を続けろ　父シネル　亡き後は

俺は確かに　グラームス　その領主だが

なぜコードーか　分からない

コードー領主　健在だ

誉れある　紳士でもある

まして　やがては　王になるなど

ありえないこと　明白だ

コードーの　領主にしても

そんな奇怪な　情報を

どこから得たか　白状せぬか！
こんな荒野で　我らの行く手　妨げて
どうしてそんな　謎めいたこと　話すのか！
正直に　申すのだ！

（魔女たち　消え失せる）

バンクォー
水にも泡が　あるように
大地にも　泡がある
奴らはな　大地の泡だ
どこかへと　消えてしまった
マクベス
形あるもの　大気の中へ
息が大気に　溶け入るように　消え去った
あとしばらくは　いてほしかった
バンクォー
我ら話して　いた者が
本当に　ここに実在　していたか
あるいは狂気　起こさせる
草の根を　食したか
マクベス
貴殿の子孫　王になる
バンクォー

貴殿自ら　王になる

マクベス

コードーの　領主にも

確かそうでは　なかったか？

バンクォー

同じ調子で　同じ言葉で

おや誰だ　そこに来たのは？

（ロス　アンガス　登場）

ロス

マクベス殿よ　ダンカン王は

貴殿の勝利　ことのほか　ご満悦

反乱軍と　決戦の　知らせには

驚きと　称賛が

交り合い　言葉にならず

その次に　貴殿が死をも　顧みず

ノルウェー軍に　斬り込んで

国の守りに　手柄を立てて

戦勝を　あげられた　情報が

王に届いて　おりますぞ

アンガス

我らは王の　感謝の言葉

伝えるために　参ったのです

恩賞のこと　王自らが　お与えに！

ロス

貴殿の栄誉　先駆けに
王は貴殿に　コードーの
領主の　称号　お与えに
それ故に　その名でお呼び　いたします

バンクォー

〈傍白〉何てこと⁉　魔女が真実　語るとは！

マクベス

コードー殿は　ご存命では？
なぜ仮衣装　私にと　くださるのです？

アンガス

確かにそれは　その通り
コードーは　生きている
だが厳罰を　下されて　死罪に決まり
命のことは　風前の　灯だ
ノルウェーと　結託したか
反乱軍に　与（くみ）したか
両方の　裏切りで
我が国を　潰そうと
謀（はか）ったのかは　不明だが
大逆罪を　自白したから
死刑執行　免れぬ

マクベス

〈傍白〉グラームス　コードー領主
その後は　最高のもの
(ロスとアンガスに）お役目は　ご足労（そくろう）
(バンクォーに）貴殿の子孫　王になること
願わぬか？
俺にコードー　くれた奴
それを貴殿に　約束したぞ

バンクォー

そんなことなど　信じていると
コードー領主　だけでなく
王冠までも　欲しくなり
心に燃える　火が点くぞ！
不思議なことは　起こるもの
人々を　破滅の道へ　誘うため
悪魔の手下　真実エサに
人の心を　釣り上げて
最後の最後　どんでん返し
奈落の底へ　落とし込む
(ロスとアンガスに）少しばかり　お話しが

マクベス

〈傍白〉予言二つは　現実に
王冠テーマの　演劇の
幕が切って　落とされた
(ロスとアンガスに）誠にもって　ご苦労でした

〈傍白〉この不可解な　誘いには
悪いと言えん　良いとも言えん
悪いなら　なぜ成功の
道しるべ　与えるか
現実先に　呈示して
実際に俺　コードー領主　なったのだ
良いのなら　俺の髪の毛　逆立てて
恐怖のイメージ　掻き立てる
誘いの言葉に　乗るだけで
心臓が　肋骨叩き　高鳴るぞ
現実の　怖れなど
心に描く　怖れとは　比較にならぬ
殺人という　絵空事
俺の神経　ばらばらに　麻痺させて
俺の人格　破壊する
だがしかし　俺の心に　宿る思いは
間違いもなく　真実なのだ

バンクォー

ほらあそこ　我が戦友は　夢心地

マクベス

〈傍白〉運命が　俺に王冠　与えるのなら
俺がじたばた　しなくても
王冠は　転がり込んで　くるだろう

バンクォー

新着の　装い　栄誉　身にまとい
着慣れるのには　時間がかかる

マクベス

どうともなれだ！
何が起これど　時が解決　してくれる

バンクォー

マクベス殿よ　みんながお待ち　いたしておるぞ

マクベス

これはすまない　忘れたことを
思い出そうと　しておった
（ロスとアンガスに）お二人の　おっしゃったこと
しっかりと　書き込みました　記憶のページ
毎日それを　読み返す　ことにして
王のもとへと　参ります
（バンクォーに）我々に　起こったことを
推考しては　くれないか
事の軽重　測った後に
腹を割り　打ち解けて　話そうぞ

バンクォー

望むところだ

マクベス

では　その時に

（四人　退場）

第4場

フォレス　王宮　トランペットの音

（ダンカン王　マルコム　ドナルベイン
レノックス　従者　登場）

ダンカン
コードーの　処刑のことは
滞りなく　済ませたか？
役目与えた　者たちは
まだ戻っては　おらぬのか？
マルコム
帰着はまだで　ありますが
処刑　目撃　した者の　話によると
コードーは　反逆の罪
正直に　告白し
王さまの　許しを乞うて
悔悛（かいしゅん）の情　顕（あらわ）にし
遂げられました　立派な最期
大切な　自分の命　惜し気なく
お捨てになった　模様です
ダンカン
顔つきで　心読む術（すべ）　ないものか

コードーに　絶大な
信頼を　寄せていたのに

（マクベス　バンクォー　ロス　アンガス　登場）

我が身内では　最大の　勇者だな！
そちの手柄に　報いることが　充分できず
今この胸に　のしかかる　恩賞のこと
迅速な　功績は
恩賞の　翼さえ　追いつけぬほど
言えることなど　ただ一つ
多大なる　恩賞も　そちの手柄に
釣り合わぬ　そのことだけだ

マクベス

忠実な　臣下としての
為すべきことを　するだけが
私自身の　恩賞であり
忠節を　尽くします
我らは王と　国家にとって
子であって　下僕であって
王からの　栄誉頂く　そのために
忠勤に　励むだけ

ダンカン

無事で何より　この度は

新たな称号　与えたが
さらに高位に　就けるよう　尽力しよう
（バンクォーに）バンクォーよ　そちの功績
マクベスに　見劣りしない
そちの武勲（ぶくん）も　世に知らすべき
さあこの腕に　抱（いだ）かせてくれ
そちのこと　私の胸に　刻みつけよう

バンクォー

もし私（わたくし）が　実り大きく　成長したら
その収穫は　王さまのもの

ダンカン

喜び溢れ　涙さえ　溢れくる
王子　王族　領主の者よ
それに仕える　者たちよ
余はここに　王位継承　その権利
長男の　マルコムに
授けることを　宣言いたす
カンバランド[13]の　称号を　与えよう
しかし栄誉は　彼のみでなく
居並ぶ諸公　価値ある者ら　全員を
夜空に光る　星のようにと　輝かせよう
（マクベスに）今からすぐに　そちの城

13　スコットランドの王位継承者の尊称

インヴァネスへと　向かおうぞ
そこで結束　固めよう

マクベス

王のためには　無益な休み
そんなものなど　取るのなら　苦役です
馬で駆け　急ぎ居城に　舞い戻り
王のお越しを　妻に告げ
祝福を　与えます
ではこれで　失礼します

ダンカン

ではくれぐれも　よろしく願う

マクベス

〈傍白〉カンバランドか　そうなのか
俺にとっては　この一段だ
とにかくこれが　障害だ
滑り落ちるか　飛び越えるのか
星たちよ　その明かり　消してくれ
我が欲望の　暗い奥底
照らすことなど　してならぬ
目は閉じて　手のすることは　見ないふり
事が一旦　なされれば　恐怖にかられ
目など　開けたり　できるまい

（マクベス　退場）

ダンカン

その通り　誠実な　バンクォー殿よ
マクベスは　勇敢だ
彼への賛辞　腹一杯に　聞きました
私には　何よりの　ご馳走だ
さあ彼の後　すぐにでも追い　出発だ
私を歓迎　するために
足早やに　去っていく
親族中で　彼の存在　無比無類

（一同　退場）

第5場

インヴァネス[14]　マクベスの城

（マクベス夫人　手紙を読みながら登場）

マクベス夫人

「奴らに会った　その日とは
戦に勝った　日のことだ
確実な　情報からは
人間の　知恵の及ばぬ　能力を
奴らは持つと　いうことだ
奴ら　追及　しようとすると
大気に溶けて　消え失せた
茫然と　していると
'王から使者が　やってきて
俺を名指しで　コードーの
領主だと　言うではないか
この称号は　魔女たちが
俺を呼んだと　同じもの
奴らはさらに　未来のことを　教えるように
『おめでとう！　王になられる

14　スコットランド北部の町　ネス湖の北

お方だな！』　そう言ったのだ
このことは　特におまえに　知らせよう
なぜならば　おまえは俺の
大切な　パートナー
おまえにも　偉大なる
地位が約束　されてると
教えることが　先決と
今しばし　このことは
胸にしまって　待っておれ」
グラームスの　領主から
コードーの　領主になった
あなたなら　やがていつかは
約束された　地位にまで
昇りつめるは　当然のこと
でも心配は　あなたの気立て
優し過ぎるし　人情深い
近道を　選ぶことさえ　躊躇（ちゅうちょ）する
偉大になると　野心はあるが
必要な　邪心に欠ける
欲しいものでも　汚れた手では　欲しくない
ごまかしなども　したくない
あなた偉大な　グラームス
取れるものなら　取ればいい
欲しいものは　取りたいが

取ることを　怖がっている
早くお帰り　なさいませ
あなたの耳に　私の勇気　注いであげる
あなたから　王冠を
遠ざけようと　する者たちを
私の言葉　その威力にて
蹴散らして　みせましょう
運命も　人間の　英知を超えた　者たちも
あなたの頭上　王冠を
授けようと　しています

（使者　従者　登場）

お知らせは何？

使者

今夜にも　王はお着きに　なられます

マクベス夫人

そんなこと！　まあ気でも　狂ったの？
ご領主は　王とご一緒　なのでしょう
そうならば　手筈のことで
お知らせが　あるはずよ

使者

本当なのでございます
殿はすぐにも　こちらへと　戻られる

息も絶え絶え　先駆けの　使者として
それを伝えに　参ったところ

マクベス夫人

（従者に）大事な知らせ　持ってきた人
いたわって　あげなさい

（使者　従者　退場）

マクベス夫人

しわがれ声の　大ガラス
ダンカン王の　入城の
運命の時　喚(わめ)いてる
さあやって来い　人の心を　掴(つか)み取る
悪霊の　おまえたち
頭の先から　足の先
私の体　心まで
残忍性で　満たすのよ
私の血　凍らせて
憐れみの情　起こさせず
非情の決意　揺るがせず
事の成就を　妨げること　なきように
殺人を　唆(そそのか)す　者どもよ
さあ　来るがいい！
私の胸に　やって来て

乳を胆汁　変えさせよ
目には見えない　その姿
自然に叛く　悪行(あくぎょう)に
手を染める　おまえたち
さあ来るがいい！　夜の闇
地獄の黒い　煙の中に　身を隠し
短剣の　光る切っ先
残す傷口　見せないように
暗黒の　天の帳(とばり)の
隙間(すきま)から　覗き見て
「待て！　待て！」と
天が叫ばぬ　ようにする

（マクベス　登場）

偉大なる　グラームス殿
誇り高きは　コードー殿よ
いえ　それ以上　高位のお方
未来を告げる　祝福の
お言葉の　手紙読み
何も分からぬ　現在を　跳び越えて
未来がすぐに　手に届くかと　感じています

マクベス

なあおまえ　ダンカン王が

今夜ここへと　参られる

マクベス夫人

いつお発ちなの？

マクベス

御予定は　明日(あす)とのことだ

マクベス夫人

明日という日　絶対に　太陽などを
見せること　なりません
あなたのお顔　奇怪な事件
読み取れる　ご本のようよ
平静を　装って
疑惑を　避ける　手立てして
目や手　口　歓迎の意を　表して
無心な花の　顔をして
潜んだ蛇で　いるのです
来られる客に　ご準備を
しっかりせねば　なりません
今宵の仕事　ぬかりなく
これからの　生涯続く　夜と昼
絶大な　権力の
統治　支配が　かかってる

マクベス

細かいことを　話すのは　後にする

マクベス夫人

濁りなき　お顔にて　いてくださいね
怖れる気持ち　心にあれば
それは自然に　表れるもの
すべてのことは　私(わたくし)に　お任せを

（二人　退場）

第6場

マクベスの城の前

（ダンカン王　マルコム　ドナルベイン
バンクォー　レノックス　マクダフ　ロス
アンガス　従者　登場）

ダンカン
見晴らしが　良い位置に　この城はある
さわやかな風　心地良く
心が和む　気持ち良い

バンクォー
夏に来るのは　岩ツバメ
教会で　よく見る鳥で
この城に　巣を作ったり　いたします
麗しい　香りを天が

送り込む　印です
この城の　軒先　小壁
控え壁　巣作りに　都合良い
壁の隅々　釣り床を架け
揺りかごに似た　巣を設(しつら)える
この鳥が　ヒナを育てて　いる所
和やかな　空気が流れ　淀みなし

（マクベス夫人　登場）

ダンカン
おう　ここに　奥方の　お出迎え
目にあまる　接待も　困りものだが
構われて　嬉しいことが　人の常
押しかけられて　迷惑でしょう
その迷惑を　吾輩の　感謝の気持ち
そうお受け取り　願いたい
マクベス夫人
私たちの　ご奉公
一つひとつを　二倍にし
それさらに　二倍にし
これまでに　賜わりました
ご栄誉と　比べましたら
お粗末で　貧弱で

さらにこの度　頂きました　名誉には
ただ王さまに　感謝の気持ち
捧げるだけで　ございます

ダンカン

コードーの　領主はどこに？
すぐ彼の　後に発ち
先回りして　早く着き
接待役でも　しようかと　もくろんでみた
だが彼は　馬術の名手
それに加えて　忠誠心に
拍車をかけて　疾走だ
叶うことなど　無理なこと
奥方よ　今宵よろしく　願います

マクベス夫人

私ども　いかなる時も
王の僕（しもべ）で　ございます
ここに仕える　者たちも　財産も
お望みあらば　すべてお返し　いたします

ダンカン

さあ手を　これへ
御主人の　もとへと共に　参ろうぞ
私は高く　マクベスを　評価しておる
この気持ち　変わることなど　ないだろう
では　ご案内　よろしく願う

（一同　退場）

第７場

マクベスの城の一室

（執事が皿や料理を持った召使と共に舞台を横切る　次にマクベス　登場）

マクベス

事が為されて　それでおしまい
そうならば　すばやく済むに　如くはない
一撃の暗殺で　すべてが終わり
それで良しと　言うのなら
現世の時の　流れの中で
一世一代　勝負を挑む
来世など　どうなろうとも　構わない
だがこの世事　いつもこの世で　裁きが下る
血の所業　教えたのなら
その教え　そのものが
教えた者の　血を流す
この公平な　裁きの手　それにより
毒杯を　与えた者は

自らの　唇に　毒杯受ける　ことになる
俺は王から　固く信頼　されている
まず俺は　王の下臣で　親族だ
いずれにしても　立場上
危害など　加えない
その次に　王は客人
暗殺者など　俺は敵する　立場だぞ
自ら剣を　振るうなど　言語道断
それにだな　ダンカン王は
温厚で　王位にあって
清廉潔白　慈悲深い
王を殺害　などすれば
王の美徳は　天使　チェルビン
その姿にて　人の罪　あばきたて
生まれたて　赤子の叫び　聞くように
トランペットを　吹き鳴らし
万人の目に　憐み満ちた　涙さえ
溢れさせずに　おくものか
その涙にて　嵐でさえも　押さえ込む
俺にはな　計略という　馬の腹など
蹴り上げる　拍車など
持ち合わせては　いないのだ
あるはただ　無謀　高跳び　する野望
騎手もろともに　跳び過ぎて

転がり落ちる　自明の理

（マクベス夫人　登場）

どうかしたのか！　何かあったか？

マクベス夫人

王はもうすぐ　お食事を　終えられる

なぜ途中にて　席をお立ちに　なったのですか？

マクベス

王はこの俺　お呼びでも？

マクベス夫人

それさえも　ご存じないの？

マクベス

このことは　やめてしまおう

王は俺にと　栄誉与えて　くださった

みんなから　俺は称賛　されたのだ

新しい　装いを

今　身につけた　ばかりだぞ

早々と　脱ぎ捨てるのか！

マクベス夫人

あなたの身　飾ってた

先ほどの　お望みは

酔い潰れたの？　寝込んだの？

今　目が覚めて　蒼い顔　しているの？

あなたの愛も　その程度なの？
自分の望む　欲望と
行動　一致　させるのを
怖がって　いるのです？
この世の華が　欲しいのに
臆病者で　暮らすのですか？
喉から手　出そうでも
あえて取ろうと　しないのね
諺にある　猫そっくりで
魚は欲しい　でも足は　濡らしたくない

マクベス

もう黙ってて　くれないか
男には　相応(ふさわ)しいなら
何なりと　やってのけよう
それ以上　するのでは
人間として　失格だ

マクベス夫人

それならば　どんな獣(けだもの)　だったのよ
この計画を　私(わたくし)に　打ち明けた時
是が非でも　やると誓った　あなたさま
真の男で　あったのに
あの時の　あなた以上に　なってこそ
男以上の　人になる
あの時は　時と場所とが　不釣合

あなたは無理に　揃えると　意気込んでいた
ところが今は　その二つ　きれいに揃い
絶好の　条件が　整ってるわ
それなのに　あなたの気持ち　萎えたのね
赤ん坊に　私は乳を
飲ませたことが　ありますわ
乳房を含む　赤ん坊
可愛いことは　知っている
でも　たとえ　その子が見上げ
にっこりと　笑いかけても
乳首から　歯の生えてない　歯茎もぎ取り
頭を床に　ぶつけてやって
脳みそを　叩き出します
一度こうだと　誓ったならば

マクベス

やりそこなって　しまったら？

マクベス夫人

やりそこなうと？
勇気を出せば　失敗などは　ありません
ダンカンが　寝入ったならば
昼間の旅の　疲れにて
熟睡するに　決まってる
衛兵二人　たっぷりワイン　飲ませれば
彼らの記憶　霧の中

頭の回転　止まってしまう
彼らの眠り　豚に似て　死んだも同じ
そうなれば　無防備の　ダンカンに
私たち　できないことは　何もない
衛兵に　殺害の罪
なすりつければ　いいのです

マクベス

おまえが生むは　男子のみ
怖れを知らぬ　その気性
男の子しか　生まれまい
どうだろう　衛兵に　血を塗りつけて
そいつらの　剣を使って　やってしまえば
嫌疑はきっと　奴らにかかる

マクベス夫人

それを疑う　人などいない
私らは　王の死を　大声上げて
嘆き悲しみ　見せるだけ

マクベス

よし決まったぞ　渾身(こんしん)の　力を注ぎ
この怖ろしい　仕事にかかる
さあ行こう　晴れやかな　顔つきをして
みんなを上手(うま)く　欺くために
偽りの　心を隠す　偽りの顔
それが　今から　大切だ

(二人　退場)

第2幕

第1場

インヴァネス　マクベスの城

（松明を持ったフリーアンス　その後ろにバンクォー　登場）

バンクォー

何時頃かな？

フリーアンス

月は地に　落ちました

時を知らせる　鐘の音(ね)は

私の耳に　入っては　おりません

バンクォー

月の入り　確か今日　十二時だった

フリーアンス

もう少し　遅くでは？

バンクォー

立ち止まり　この剣を持て

天も節約　してるよう

夜空の明かり　皆消えている
(短剣のついているベルトを外す)
これも今　持っていてくれ
鉛のような　睡魔が急に　襲ってきたぞ
だが眠る気に　なれないが
慈悲深き　天使たち
眠れば　夢に　忍び込む
邪悪な思い　消し去れよ
剣を手渡せ！　誰なのだ！
そこに来たのは　何者だ！

(マクベス　松明を持った従者　登場)

マクベス
身内の者だ
バンクォー
まだ休んでは　いなかったのか？
王は寝床に　入られた
殊の外　上機嫌でな
召使には　過分なチップ　はずまれた
ダンカン王は　奥さまに
お礼にと　ダイヤ贈られ
ご満悦にて　お休みだ
マクベス

準備不足で　充分な
もてなしなども　できずじまいだ
さもなくば　もっと歓待　できたはず

バンクォー

手抜かりなしで　万事良し
昨夜だが　魔女三人の　夢を見た
貴殿への　予言ピッタリ　当たったな

マクベス

考えも　しなかった
そのうちに　時間を作り
そのことで　話し合いたい
差し支え　なければな

バンクォー

いつでもいいが

マクベス

時節到来　した時に
貴殿が　俺を　支えるのなら
貴殿の　名誉高まろう

バンクォー

栄誉失う　こともなく
そうするに　やましくもなく
王に忠誠　尽くせるのなら
その相談に　預かろう

マクベス

今宵は　しばし　休まれよ

バンクォー

ありがたい　貴殿もな

（バンクォー　フリーアンス　退場）

マクベス

奥方の　ところへ行って
寝酒の用意　できたなら
鐘を鳴らせと　言ってくれ
それが済んだら　休んでよいぞ

（従者　退場）

目の前に　見えるのは　短剣か？
柄(つか)をこちらに　向けている
掴んでやるぞ！　何てこと！　掴めない！
まだ見えるのに　実在しない
視覚に見合う　感情なのか？
あるいは熱に　浮かされた
頭が作る　幻影の　心の刃(やいば)？
まだ見える　今　抜いた
この短刀と　明らかに　同じ形だ
おまえは俺を　手引きしようと　しているな

今　俺が　抜こうとしてる　この剣を
使うべきだと　言うんだな
視覚が狂い　始めたか？
あるいは　目とは　全感覚を
纏（まと）めたよりも　鋭敏なのか？
まだ見える　しかもだな
刃と柄に　こびりつき
先ほどは　血糊はついて　いなかったのに
血塗られた　所業のことで　そう見えるのか？
今という時　地上半分
死の床（とこ）のよう　眠ってる
邪（よこしま）な夢　カーテン越しに　眠りを汚す
魔女たちが　蠢（うごめ）き出して
地獄のボスの　女王ヘカティ　祭壇に
生け贄（にえ）捧げ　呪いつつ
やせ衰えた　暗殺者
見張り番　狼に　吠えたてられて
吠え声に　守られて
この俺は　足音立てず　忍び足
標的　目指し　幽霊のよう　動きゆく
確かな歩み　その音を
汝　絶対　聞いてはならん
歩く方向　分かるから
石畳さえ　軽率に

音を立てては　ならぬぞよ
今この時に　付随する
恐怖心など　取り除け
俺が言葉で　脅していても
王は変わらず　生きている
言葉など　行動の
情熱を　冷ますだけ　　　（鐘が鳴る）
俺は行く　もう事は
為されたも　同然だ
聞くな　ダンカン　おまえを送る　鐘の音
天国か　地獄へか

（マクベス　退場）

第2場

マクベスの城の一室

（マクベス夫人　登場）

マクベス夫人

二人酔わせた　その酒で
大胆になる　私だわ
この渇き　癒(いや)した　酒が

胸の内　火をつけた
聞いてみて！　お静かに！　シィーッ！
フクロウが　鳴いている
死の宣告者　最期　おやすみ　告げる鳥
今あの人が　手を下してる
寝室のドア　開いてるはず
酒に酔ってる　衛兵ら
鼾（いびき）をかいて　眠ってる
飲んでた酒に　毒が盛られて
彼らは生死　彷徨（さまよ）っている

マクベス

（奥で）そこにいるのは　誰なんだ！
どうかしたのか？

マクベス夫人

ああ大変よ！　あの二人　目を覚ましたの？
やれてないなら　私たち　身の破滅！
シィーッ！　彼らの剣は　すぐにでも
使えるように　並べておいた
あの人が　見過ごすなんて　はずはない
寝顔あれほど　父に似て　いなければ
私一人で　手を下してた

（マクベス　血まみれの短剣を持って登場）

ねえ　あなた！

マクベス

（ささやき声で）やり遂げた……　何か物音

聞かなかったか？

マクベス夫人

フクロウが　鳴く声と　コオロギだけよ

何かお声を　お出しになった？

マクベス

いつのこと？

マクベス夫人

たった今

マクベス

下りてくる　その時か？

マクベス夫人

そうですよ

マクベス

誰なんだ？　二番目の　寝室で　寝ている者は？

マクベス夫人

ドナルベインよ

マクベス

（自分の手を見て）悍ましい　光景だ

マクベス夫人

悍ましいなど　馬鹿げてる

マクベス

眠ってるのに　二人のうちの
どちらかが　笑い始めた
もう一人　叫んだ言葉　「人殺し！」
立ち止まり　聞いてると
祈り始めて　お互いに
何かを言って　また眠り込み

マクベス夫人

その部屋に　二人とも　いたのだわ
マルコムと　ドナルベイン

マクベス

「神のご加護を」　一人が言うと
もう一人　「アーメン」と　まるで今
俺の手が　首切り人の
手であると　知ったかのよう
王子二人の　怯(おび)えた声が　聞こえると
俺には声が　出なかった　「アーメン」と
二人確かに　言ったのだ　「神のご加護を！」

マクベス夫人

そんなこと　くよくよしては　ダメですよ

マクベス

なぜ俺は　その一言が　言えなかったか？
俺ではないか！　最も神の　お赦しが
必要なのは　それなのに　祈りの言葉
喉につかえて　出なかった

マクベス夫人

だめですよ　そんな考え　持ってては
そんなことでは　気が狂います

マクベス

俺には声が　聞こえたような　気がしたが
「もう寝るな！　眠りは消えた　マクベスに」
無邪気な眠り　心の痛み
解きほぐす　深い眠り
一日の　生活の　終わりの時間
労働を　癒してくれる　湯浴み時
傷ついた　心の薬　自然の恵み
人の世の　最高の　もてなしだ

マクベス夫人

何のお話？

マクベス

まだ叫んでた「眠りは消えた！」
城中に　木霊(こだま)す声で
「眠り殺しの　グラームス
その因果にて　コードーに　眠りは消えた
おまえは二度と　眠ることなど　できないぞ」

マクベス夫人

そんなこと　いったい誰が　叫んだの？
領主でしょう　つまらぬことに　くよくよし
気高い勇気　失くしたの？

さあ水を　取ってきて
その手から　汚れた証拠
洗い流して　しまうこと
この短剣を　あそこから
どうして持って　きたのです ?!
あの部屋に　置いておかねば！
さあ　持って行き　塗りたくるのよ
眠ってる　衛兵に　血糊べったり

マクベス

俺はもう　行かないぞ
やったこと　思うだけでも　ゾッとする
また見るなどは　到底できん

マクベス夫人

何て意気地の　ないことを！
短剣を　よこしなさいな
眠ってる人　死んでる人
同じことでしょ　絵の中の人
絵の中の　悪魔に怯え
震え上がるは　子供だけ
もし王が　まだ血を流し　続けてるなら
衛兵の顔　血を塗りつける
それだけで　二人とも
有罪に　見えるから

（マクベス夫人　退場　　奥でノックの音）

マクベス

ノックの音が　聞こえくる　どこからなのか？
それとも俺は　イカレてるのか？
音がする度　ドキドキと
いったいこの手　どうしたことだ？
ああ俺の目が　えぐられる
手についた血を　大海の水
たっぷりと　使うなら　きれいさっぱり
洗い流して　くれようか？
その逆で　俺の手が　大海の水
朱色まで　染め尽くすのか？

（マクベス夫人　登場）

マクベス夫人

私の手　あなたと同じ　色になり
でもこの心　蒼白になど　なってない
（ノックの音）ノックの音が　してるわね
城の南の　御門から
私たち　すぐさま部屋に　戻りましょう
ほんの少しの　水だけで
証拠はすぐに　消え去るわ　簡単なこと

どこに行ったの　いつものあなた？
（ノックの音）　ノックの音が　また聞こえるわ
ナイトガウンに　着替えましょう
誰かが呼びに　来た時に
起きていたとは　思われぬよう　気をつけて
そんなにも　考え込まず
自分らしさを　取り戻してよ

マクベス

自分のしたこと　思い出すなら
自分など　思い出したく　ないものだ
（ノックの音）
ノックの音で　ダンカン王を　蘇(よみがえ)らせろ
もしそれが　可能だと　言うのなら

（二人　退場）

第3場

奥でノックの音

（門番　登場）

門番

いやにしつこい　ノックの音だ

もしわしが　地獄門での　門番ならば
休むことなく　ドアの鍵　開けねばならん
（ノックの音）ノック　ノックの　音がする
地獄王　ベルゼバブさま
その名において　質問だ
名前は何だ！　誰なんだ！
きっと百姓　なんだろう
小麦の値段　だだ下がり
それで首でも　括(くく)ったか？
小麦不足で　値が上がるのを　当て込んで
さあいらっしゃい　相場師さんよ
ハンカチ多く　手に持って
地獄の炎　汗が出る
（ノックの音）ノック　ノックの　音がする！
そこにいるのは　誰なんだ
別の悪魔の　名において　尋ねるが
なるほど　おまえ　二枚舌
どんな時にも　両天秤(てんびん)で
うまい具合に　言いくるめ
反逆なんぞ　とんでもねぇ
二枚舌では　天国なんか　行けねえぞ
さあ入れ　この天秤野郎
（ノックの音）ノック　ノック　ノックの音が
誰だい　そこにいる奴は？

フランス風の　スリムなズボン
その寸法を　ごまかした
イギリス人の　洋服屋
ここでなら　地獄の火にて
アイロン掛けが　できるだろ
ノック　ノック　ノックの音で
落ち着く暇も　ありゃしねえ
いったい　どこの馬の骨
ここは地獄にゃ　寒過ぎる
地獄の門番　もうやめだ
消えずに燃える　火に向かい
浮かれ調子の　輩など
ウキウキ顔で　やってくる
どんな商売　していても
入れてやろうと　思っていたが（ノックの音）
しつこいことは　分かったぞ
開けてやるから　今すぐに
門番に　チップ払うの　忘れるな（門を開ける）

（マクダフ　レノックス　登場）

マクダフ

昨夜　随分　遅くまで　起きてたんだな
起きてくるのが　こんなに遅い

門番

仰せの通り

二番鶏　鳴くまでは[15]　どんちゃん騒ぎ

酒というやつ　三つのことを　刺激する

マクダフ

その三つとは　何なんだ？

門番

そりゃ旦那　赤鼻と　居眠りと

三つ目は　小便だ

あれのことなら　ヤル気は立つが

あれ立たず　だから大酒　二枚舌

元気づけては　しょげさせる

結論は　立たせておいて

立てなくさせて　イラ立たせ

嘘でまるめて　寝かせつけ

さっさと　そこを後にする

マクダフ

酒に一杯　食わされる　そういうわけか？

門番

首根っこ　掴まれて　やられちまった

だが　仕返しを　してやった

揚げ足を　取られたが

15　夜中の三時頃

いい考えを　思いつき
胃の中の酒　吹き出して　やったんだ
領主殿は　もうお目覚めか？

（マクベス　登場）

ノックの音で　起こしたようだ
領主殿　出てこられたぞ

レノックス
朝早くから　お目覚めは　いかがです？

マクベス
二人とも　早くから　ご苦労だ

マクダフ
王はもう　お目覚めなのか？

マクベス
いや　まだだ　お休み中だ

マクダフ
今朝早く　起こすようにと　申された
うかつにも　寝過ごしそうに　なっていた

マクベス
王のもとへと　お連れする

マクダフ
この度の　お役目は
喜びの　御苦労と　申せます

だが　苦労には　変わりない

マクベス

喜んでする　苦労とは
苦労などとは　感じぬものだ
この部屋が　王の寝室　なのですぞ

マクダフ

お起こししても　構うまい
そう命令を　受けている

（マクダフ　退場）

レノックス

王は今日　ご出立？

マクベス

ああ　そのように　伺っている

レノックス

昨夜は　ひどい大嵐
我ら投宿　した宿の　煙突は
吹き飛ばされて　噂（うわさ）によると
空中に　悲嘆に暮れる　声響き
異様な死　その叫び　木霊して
怖ろしい　騒乱を　予兆して
悲惨な時代　到来を　告げるかのよう
不吉な鳥が　夜（よ）を通し　鳴き続け

大地が熱で　震え出したと
言う者も　ありました

マクベス

その通り　荒れた一夜で　あったよな

レノックス

若い頃から　その記憶
辿(たど)ってみても　こんなことなど　初めてだ

（マクダフ　登場）

マクダフ

ああ　怖ろしい！　恐怖だ！　恐怖！
口も心も　凍りつく
言葉では　表現できん！

マクベス＆レノックス

いったい　何が？

マクダフ

これ以上ない　大きな破壊　勃発したぞ！
神聖を　冒す暗殺　なされたぞ
神が与えた　王のお体
そこから王の　お命を　奪う暴挙だ

マクベス

いま何と　申された？　お命が？

レノックス

王の命の　ことですか？

マクダフ

部屋に入って　見るがいい
その惨状で　目は潰れそう
言葉にならぬ　話すことなど　できはせぬ
自分で見て　自分で話す　それだけだ

（マクベス　レノックス　退場）

起きろよ！　起きろ！
鐘を叩き　鳴らすのだ！
暗殺だ！　反逆だ！
バンクォーよ！　ドナルベインよ！
マルコムよ！　起きるのだ！
安逸（あんいつ）な　眠りなど　振り払え
眠りなど　偽りの　死に過ぎん
本当の　死を見るがいい
起きろよ　みんな！　起きてこい！
そしてこの　最後の審判
その光景を　見るがいい！
マルコム！　バンクォー！
己の墓から　起き上がり
亡霊として　歩むがいい
それこそが　この恐怖には　そぐうもの

（鐘の音）

（マクベス夫人　登場）

マクベス夫人

どうしたことで　ございます？
城で寝ている　者どもを
大きな音で　呼び集め
言ってください　何事か？

マクダフ

これは奥さま　私が話す　ことなどを
お聞きになるは　良くはない
耳に入れば　女性など
命を失くし　かねません

（バンクォー　登場）

マクダフ

おお　バンクォーよ！　バンクォーよ！
我らの王の　暗殺だ！

マクベス夫人

えっ！　まさか！
何てこと！　私どもの　この城で？

バンクォー

どこであろうと　悲惨無残だ！
頼むから　マクダフよ
間違いだった　そう言ってくれ

（マクベス　レノックス　登場）

マクベス
一時間前　死んでたら
祝福された　者として
一生を　終えられたのに
この時からは　現世には
大事なことは　何もない
すべてのことは　子供のおもちゃ　同然で
名誉　美徳も　死に絶えた
命の酒は　消え失せて
貯蔵庫に　残っているは　滓（かす）ばかり

（マルコム　ドナルベイン　登場）

ドナルベイン
どうかしたのか？
マクベス
あなた自身の　ことなのに　ご存じないと！
あなたの血筋　その源の

泉が涸れて　しまったのです！

マクダフ

お父上　王の暗殺　なのですぞ！

マルコム

おお！　何と！　誰の仕業だ⁉

レノックス

部屋つきの　衛兵に　嫌疑がかかる
彼らの手　顔に血糊が　べっとりと
二人の剣も　血塗られたまま　枕の上に
二人とも　目は虚ろ　放心状態
あんな奴らに　王のお命　託してたとは！

マクベス

それにしてもだ　早まったこと　してしまったな
怒りに狂い　奴ら二人を　殺したわ！

マクダフ

どうしてそんな　ことをした？

マクベス

誰にできよう！　激怒していて
冷静で　いるなんて！
忠実なのに　手を出さずなど！
王に対する　愛の気持ちが　そうさせた
ダンカン王は　横たわられて　ここにおられる
えぐられた　深手の傷は
黄金の　血糊で塗られ

白銀の肌　無残な破壊
加えられたる　城門のよう
暗殺者　二人だけ
血の海に　浮かんでて
奴らの剣は　血糊がついた　そのままで
王を愛する　心持ち　勇気があれば
誰が手を　こまねいてなど　いられよう
行動に　出ない者など　あるものか！

マクベス夫人

（気絶するふりをして）
ここから私　連れ出して　ああ！

（侍女たち　登場）

マクダフ

奥さまの　介抱を！

（侍女たち　マクベス夫人を伴い退場）

マルコム

〈傍白〉僕たちは　どうしてここで　黙ってる？
僕たちに　深い関係　あることなのに

ドナルベイン

何が言えよう　今ここで

僕たちの　命危うい　状況で
逃げ出そう！
涙さえ　まだ出ぬと　いう時に

マルコム

悲しみに　うち沈んでる　時でない

バンクォー

奥さまの　面倒を！
我らこんなに　薄着のままだ
これでは風邪を　ひきそうだ
着替えた後で　一同集め
この残虐な　仕業　究明　始めよう
疑心暗鬼で　慄(おのの)くが
私は神の　御手(みて)にすがって
命をかけて　闇の陰謀　悪の反逆
敢然と　挑む覚悟だ

マクダフ

私とて　同様だ

全員

我々も　みな同じ

マクベス

身支度を　すぐに整え
ホールにて　集合だ

全員

了解だ

（マルコムとドナルベイン以外　全員　退場）

マルコム

さあこれからは　どうするか？
みんなと共に　行動するの　考えものだ
心にもない　悲しみを
見せるのは　偽りの　人間に
いとも容易(たやす)い　ことだから
僕は逃げるぞ　イングランドに

ドナルベイン

僕は　アイルランドに
別々の道　選んだほうが　安全だ
今ここにては　笑顔の裏に　短剣潜む
血が近い　近親者ほど　血の匂いする

マルコム

流血の矢は　どこまで飛ぶか　計り知れない
今のとこ　狙いを外す
そのことが　最善の策
別れのための　挨拶などは　する暇はない
馬を急(せ)かせて　脱出だ
それ以外には　方法はない

（二人　退場）

第４場

マクベスの城の外

（ロス　老人　登場）

老人

これまでの　七十年の　ことならば
ほとんどすべて　しっかりと　覚えています
その長い　年月に
怖ろしいこと　奇怪なことも　見ましたが
昨夜のような　凄（すさ）まじい
夜の経験　ありません

ロス

ご覧なさいな　ご老人　あの空を
人間の　所業見られた　神様が
血塗られた　舞台となった
この地上　お仕置きされて　いる様子
まだ昼間だが　夜の闇
天（そら）ゆくランプ　消し去って
勝ち誇るのは　夜であり
昼は　ただただ　恥じ入るばかり
命　育（はぐく）む　大地には
キスをするべき　時なのに

暗黒が　地相すべてを　墓とする

老人

自然の理には　反してる
昨夜の嵐　同じもの
先週の　火曜日のこと
悠然と　大空を舞う　大鷹が
ネズミしか　捕ったりしない
フクロウに　襲われて　殺されました

ロス

それに加えて　ダンカンの
毛並みも揃い　足速い　駿馬（しゅんめ）たち
奇妙なことに　実際に　起こったのだが
忽然（こつぜん）と　荒れ狂い
馬屋の門を　蹴り破り　飛び出して
手なずけられず　静まらず
あたかも人に　戦いを
挑もうと　したのです

老人

私の聞いた　話では
馬同士　噛み合ったとか

ロス

その通り　この国で
そんなこと　前代未聞
信じられない　光景でした

（マクダフ　登場）

ロス

マクダフ殿が　参られた
その後の　成り行きは？

マクダフ

見ての通りだ

ロス

あれほどの　血の所業　見たことがない

マクダフ

王を殺した　疑いで
マクベスが　衛兵を　殺したぞ

ロス

何てこと！　衛兵ら
何の得　あったのだろう

マクダフ

金をもらって　殺(や)ったのか
マルコムと　ドナルベインの　お二人は
抜け出して　逃走だ
それでは　彼ら　嫌疑がかかる

ロス

自然の理には　背(そむ)くこと
無謀な野心　自らの

命の　源（みなもと）　絶つとはな
これでは王の　位に就くは
マクベスに　なるだろう

マクダフ

マクベスすでに　指名され
王位　就くため　スクーンに[16]　向かったぞ

ロス

ダンカン王の　ご遺体は？

マクダフ

コラムキルへ　運ばれた
代々の　聖なる王の　墓所へとな

ロス

すぐに貴公も　スクーンに　参られるのか？

マクダフ

いや私　ファイフに戻る

ロス

そうなのですか　私のほうは
スクーンに　行ってみる

マクダフ

あちらのほうで　万事良く

16　ダンシネーンの丘近くの村。ここには戴冠式に使われる「スクーンの石」があった。長年ウェストミンスター寺院に置かれていたが、この石はスコットランドのエディンバラ城に返還された。2024年からはスクーンの村近くのパースの博物館で展示される

いくように　願ってる　ではさらば！
古い衣服が　新品よりも　いいなんて
そんなことには　ならないように　祈ってる

ロス

お達者で　ご老人

老人

神様の　お恵みが　あなたの上に！
悪を善　敵を味方に
変える人　その人に　お恵みを！

（三人　退場）

第3幕

第1場

フォレス　王宮

（バンクォー　登場）

バンクォー

〈独白〉とうとう貴殿　手に入ったな
王位　コードー　グラームス　そのすべて
魔女の予言を　そのままに
しかも恐らく　最もヒドい　手を使い
だが魔女は　確かに言った
王の位は　貴殿の子孫
その者たちに　渡らない
私自身が　代々の　王のルーツに
魔女の奴らが　貴殿に真（まこと）
与えたのなら　マクベスよ
奴らの予言　私にも　真となって
おかしくは　ないはずだ
いや今は　黙しておくが

（トランペットの音　王としてマクベス　王妃としてマクベス夫人　レノックス　ロス　貴族たち　貴婦人たち　従者たち　登場）

マクベス

ここだったのか　我らの主賓

マクベス夫人

この方（かた）を　忘れたのなら

今宵予定の　晩餐会に　穴が開き

台無しに　なるところ

マクベス

今宵の宴　正式な　晩餐会だ

是非　ご出席　願いたい

バンクォー

王の命令　なんなりと

従うことが　臣下の務め

マクベス

今日の午後　お出かけか？

バンクォー

はい　少し

マクベス

残念である　さもなくば

今日の会議で　貴殿の意見　求めたかった

貴殿はいつも　慎重で　有益な
意見を出して　くれるから
ではそれは　明日へと　延期だな
遠くまで　お出かけか？

バンクォー

今から出ても　晩餐会に
戻って来れる　距離である
馬の足　遅ければ　暗くはなるが
一・二時間後　帰着するはず

マクベス

晩餐会に　必ず顔を　出してくれ

バンクォー

仰せの通り　いたします

マクベス

報告読むと　ダンカンの
凶悪な　息子ども
イングランドと　アイルランドに　奇遇して
父親殺し　自白せずして
奇妙な噂　吹聴（ふいちょう）してる　らしいのだ
それも明日（あす）　語り合おうぞ
さらに国家の　問題を
議論する　必要がある
急ぎここから　出発だろう
ではまた　夜に

フリーアンスも　ご一緒か？

バンクォー

ああ　その通り

急ぎますので　これにて　ここを

しっかりとした　足取りで

馬が疾走　することを

信じておるが　また後程（のちほど）に

（バンクォー　退場）

マクベス

夜七時まで　自由に時を　過ごしてよいぞ

皆さんを　より心良く　迎えるために

晩餐会の　時刻まで　この私

一人で過ごす　ことにする　ではその時に

ひとまずは　お別れを

（マクベスと召使以外　全員　退場）

おい　ここへ　耳を貸せ

例の者ども　控えておるか

召使

控えています　城門の外

マクベス

この場へと　連れてこい

（召使　退場）

マクベス

ただこうしてる　だけではな　どうにもならん
何の意味さえ　ないことに
バンクォーに　対しての
揺るがぬ怖れ　心の底に　深くある
あの男には　王家の資質
その源の　風格がある
それが一番　怖ろしい
あの男には　大胆な　勇気あり
それに加えて　知恵がある
知恵が勇者を　導いて
安全策を　いつも取る
あいつがそばに　いるだけで
俺の心に　恐怖心　湧き起こる
怖れる者は　奴一人
奴の前では　俺の守護神　弱腰だ
シーザーを　前にした
マーク・アントニー　そのものだ
魔女たちが　王の名を
冠して俺を　呼んだ時

奴は魔女ども　叱りつけ
自分の未来　語れと告げた
その後で　魔女どもは
予言者で　あるかのように
バンクォー[17]が　歴代の王
その父となる　人物だぞと　言いおった
俺の頭に　実のならぬ　王冠載せて
俺の手に　仮の王笏（おうしゃく）
握らせた　そういうことか
血筋には　関係のない
人間に　もぎ取らせ
俺の子孫は　後を継がない
そうならば　バンクォーの
子孫のために　俺さまは
あえて自分の　魂　汚し
奴らのために　慈悲深い　ダンカン王を
殺したことに　なるではないか
安らぎの　心に毒を
注いだの　ただそのためか
俺にとっては　永遠の
宝石である　俺の魂
人間の　敵である

17　スコットランドのスチュアート王家の血を引く、イングランド王ジェイムズ一世の祖

悪魔にそれを　売り渡したが
ただバンクォーの　子孫を王に
するためにだと　そうはさせんぞ！
運命よ！　一騎打ちだぞ！
どこからなりと　かかって来い
そこにいるの　誰なのだ！

（召使　二人の刺客を連れて登場）

ドアの所で　俺が呼ぶまで　そこにいろ

（召使　退場）

昨日だったな　おまえらと　話をしたの

刺客１

その通りです

マクベス

それならば　俺の話を
よく考えて　みたろうな
充分に　話の筋は　分かったな
今までに　おまえらを
不当な扱い　した奴は
俺ではなくて　バンクォーだ
おまえらの　思い違いだ

昨日の話で　はっきりと　分かったはずだ
どいつがどんな　手段にて
おまえらを　欺いてたか
知恵がなくても　気が触れた　人間でさえ
すべてのことが　分かったはずだ
みんな皆　バンクォーの　仕業なんだぞ

刺客１

仰せはすべて　ごもっとも

マクベス

それでよい　しかしまだ　先がある
今日このように　呼び出したのは
そのことの　ためではあるが
おまえらは　このままそれを　見過ごすか？
聖書の慈悲の　教えのままに
身勝手な　男と子孫　繁栄のため
お祈りすると　言うのかい？
無慈悲な奴が　おまえらを
墓場まで　追いやって
おまえらの　妻や子を
乞食のような　境遇に　落とし込め
苦しみを　与えたのだぞ！

刺客１

私らも　男です

マクベス

書類上では　そうだろう
犬にしたって　猟犬や　グレイハウンド
雑種犬　スパニエル　野良犬や
プードルや　水鳥狩りに　使う犬
狼犬も　皆同じ　犬なのだ
しかしだな　値段表では　大違い
足速い　足遅い　利口かどうか
番犬　猟犬　どれも皆
自然与えた　特別な
才能を　持っている
それぞれの犬　価値が出る
人間も　同じこと
さて　おまえたち
男としての　格づけで
最下位でなく　人間らしく
ありたいのなら　大仕事　与えよう
首尾よくそれを　為し遂げたなら
おまえらの　敵はなくなり
王の寵愛　受けられる
奴がこの世に　いる限り
我が人生は　やみ[18]の中
奴が死んだら　俺の身は　生き返る

18 「闇／病み」の二重の意味

刺客２

王さまよ　わしら皆　この世間から
踏んだり　蹴ったり　され続け
世間に　仕返し　できるなら
どんなことでも　やりやしょう

刺客１

わしも同様　悪運に
翻弄されて　災難続き
わしの人生　賭けてみる
吉と出るのか　凶と出るのか

マクベス

二人とも　分かったな
バンクォーこそが　おまえらの　敵なんだ

刺客１＆２

心得（こころえ）やした

マクベス

奴は俺にも　敵なんだ
命運が　かかってる
奴がこの世に　いる限り
我が命　削り取る
王として　権力使い
奴のこと　遠ざけるのは
可能だが　容易ではない
我が友で　奴にも友と　いう連中だ

敵に回すの　愚策なり
己が殺した　者の死を
己自ら　嘆かねば　ならぬから！
それ故に　おぬしらに　助力求める
世間の目から　このことは
伏せておかねば　ならぬのだ
大切な　いろんな理由　あるからな

刺客2

王さまの　命令ならば
何なりと　やり遂げやしょう

刺客1

たとえ我らの　命がどうか……

マクベス

おぬしらの　心意気
面魂(つらだましい)で　よく分かる
一時間内　待ち伏せの　場所　時間
正確な　指示を出す
是が非でも　今夜のうちに　片をつけ
それも　ここから　離れた場所で
忘れるでない　このことは
俺に関わり　ないことだから
バンクォーの　同伴は
奴の息子の　フリーアンス　ただ一人
父親も　息子も始末

するることが　必須だぞ
あと腐れなど　残してならぬ
暗い時刻の　運命を
一緒に迎え　させねばならぬ
しっかりと　腹を括って　いるのだぞ
しばらく後で　直々(じきじき)に　命令いたす

刺客１＆２

腹はとっくに　括っていやす

マクベス

すぐに呼ぶから　片隅で　待つがよい

（刺客たち　退場）

マクベス

これで決まった　バンクォーよ
おまえの霊が　天国に
向かうのならば　今宵のうちに
その道を　見つけておけよ

（マクベス　退場）

第2場

王宮の一室

（マクベス夫人　従者　登場）

マクベス夫人

バンクォー殿は　もう城を　出られたか？

従者

はい王妃さま　でも今宵

お戻りの　ようですが

マクベス夫人

王にお伝え　しておくれ

時間があれば　お話が　あるとのことを

従者

承知しました

（従者　退場）

マクベス夫人

得られたものは　何もない

今のすべてが　無駄のよう

たとえ望みが　叶っても

満ち足りた　安らぎが　ないならば

ひと思いにて　殺されるのが　楽かもね
殺した後で　浮ついた
喜びの中　生きるのならば
殺されるのが　まだましよ

（マクベス　登場）

マクベス夫人

まあ　あなた　どうなさったの？
どうして人を　避けてるの？
惨めな思い　友だとしても
死んでしまった　人への思い
実体がなく　消すべきものよ
覆水（ふくすい）は　盆に返らず

マクベス

蛇に傷をば　負わせたが
まだ殺しては　いないのだ
傷が癒（い）えれば　また元通り
そうなると　下手な手出しを　したために
毒牙刺される　危険あり
この世の　タガが外れてしまい
天地崩壊　するがいい
恐怖慄き　食事をしたり
悪夢の苦痛　そのために

眠りなど　妨げられる　ことならば
死者と一緒で　あるほうが
まだしもましと　言うものだ
自らの　安逸求め
ダンカンを　死に追いやって
その者により　我が魂は　苛(さいな)まれてる
今　ダンカンは　墓の中
人生という　発作から　逃れられ
安らかに　眠ってる
反逆のない　世界にだ
刃も毒も　内憂も　外患も
何一つ　ダンカン王を
煩(わずら)わすこと　できはせぬ

マクベス夫人

ねえあなた　憔悴(しょうすい)で
やつれた顔を　見せないで
今宵はお客　前にして
陽気　華やか　おもてなし

マクベス

そうしよう　おまえもな
まだ今は　安全と　言えぬから
顔つきも　言葉にも　気を配るのだ
バンクォーにだけ　特別に
本心隠し　顔は仮面で　しばらくは

へつらうような　心がけ　大切だ

マクベス夫人

そんなお話　もうやめにして！

マクベス

俺の心に　サソリの奴が
ぞっとするほど　巣食ってる
なあおまえ　バンクォーも
フリーアンスも　まだ死んでない

マクベス夫人

彼らにしても　自然が造り　生きている
永遠の　命なんかじゃ　ありません

マクベス

そこのところに　慰めがある
奴らにしても　不死身ではない
おまえさえ　喜びの声　上げるだろうよ
尼僧院での　回廊に
群れるコウモリ　暗黒に　飛び来（きた）る
その叫びには　ヘカティ応えて
カブト虫　眠たげな
羽音を立てて　飛び回る
夜の鐘　鳴り響く　時までに
怖ろしい　行為はきっと　為されるだろう

マクベス夫人

何が起こると　言うのです？

マクベス

そのことは　知らないほうが
気が楽だ　可愛いおまえ
知った後　その行為
称賛するの　明らかだ
さあやって来い　盲目の　夜の闇
憐みの　優しい瞳
その上に　スカーフを掛け　覆うがいいぞ
血塗られた　見えぬ手で
俺を嚇(おど)かす　奴の命の　証文を
ズタズタに　引き裂いてくれ
それこそが　俺を心底(しんそこ)　怯えさす
夕闇迫る　その頃に
烏たち　森のねぐらに　帰りゆく
陽のあるうちの　良きことは
首をうなだれ　まどろみ始め
闇の使者　獲物を求め　目を覚ます
俺の言葉で　唖然(あぜん)としてる　様子だが
おまえはじっと　してるがよいぞ
悪事はな　悪事重ねて　強くなる
だからおまえは　俺と手を組み　進みゆく

（二人　退場）

第3場

王宮から少し離れた場所

（三人の刺客　登場）

刺客1

誰からの　命令だ？
誰が我らに　加われと　言ったのだ？

刺客3

マクベス王だ

刺客2

怪しむことは　ねえだろう
仕事のことも　やるべきことの
手順さえ　指図の通り　知っておる

刺客1

ではやろう　共に手を取り
西の空には　夕陽の影が　沈みゆく
遅れ来る　旅人が
宿へと急ぐ　頃合いだ
目当ての者も　そろそろここへ　来る頃だ

刺客3

シィッー！　蹄(ひづめ)の音だ！

バンクォー

（舞台裏で）　おい！　灯火(あかり)持て！

刺客2

奴らだぞ！　招かれた　残りの客は
みんなもう　城の中

刺客1

バンクォーは　馬から降りた

刺客3

あと一マイル　奴は決まって　歩くから
他の連中と　同じこと
ここから城まで　歩くのだ

（バンクォー　松明を持ったフリーアンス　登場）

刺客2

明かりだぞ　明かりが見える

刺客3

バンクォーに　違いねえ

刺客1

待て！　止まれ！

バンクォー

今夜は　雨になるようだ

刺客1

大雨に　させてやる

（刺客たちは　バンクォーに襲いかかる）

バンクォー

反逆だ！　騙し打ちだぞ！

闇討ちだ！　逃げるんだ！　フリーアンス！

逃げろよ！　逃げろ！

仇（かたき）をきっと　取るんだぞ！　卑怯者めが！

（バンクォーは死ぬ　フリーアンスは逃げ去る）

刺客3

誰が明かりを　叩き落とした？

刺客1

その手順では？

刺客3

殺ったのは　一人だけ？

息子のほうは　逃げちまったぞ

刺客2

肝心な奴　取り逃がしたぞ

刺客1

ともかくも　引き揚げよう

殺ったこと　報告しよう

（刺客たち　退場）

第４場

王宮の大広間（宴会の用意が整っている）

（マクベス　マクベス夫人　ロス　レノックス　貴族たち　従者たち　登場）

マクベス

それぞれは　ご自分の席
ご存じのはず　さあどうぞ　ご着席
二度とは言わぬ　今はっきりと　言っておく
諸侯には　心より
歓迎の旨　表すものだ

諸侯

ありがたく　存じます　我らの王よ

マクベス

皆さんと　私も同じ　テーブルで
謹んで　主人の役を　務めます
女主人の　我が妃（きさき）
今は着席　しておるが
頃合いを見て　歓迎の
挨拶を　させましょう

マクベス夫人

（マクベスに）どうか私を　代弁し

親しい友の　皆さまに
おっしゃって　いただけますか？
「心から　皆さまを
歓迎いたし　喜んで　おります」と

（刺客１　戸口に現れる）

マクベス

ほらみんな　心から
おまえの気持ち　応えてくれる
では私　この中央の　座席にて
大いに愉快　楽しんで　いただこう
すぐにテーブル　回っていって
皆と祝杯　交わそうぞ
（刺客１に）おまえの顔に　血がついておる

刺客１

それきっと　バンクォーの　ものですな

マクベス

奴の血は　おまえの顔に　あるほうが
奴の体に　あるよりは　はるかに良いぞ
確かに殺って　しまったろうな

刺客１

この手で確（しか）と　奴の首　掻き斬りやした

マクベス

暗殺者では　達人並みだ
フリーアンスを　始末した奴
そいつもきっと　スゴ腕だ
おまえがもしも　殺ったなら
俺はおまえを　極めつけ
必殺の　仕掛け人だと　認めよう

刺客１

フリーアンスに　逃げられちまい

マクベス

それなら発作　またやって来る
うまく殺ったら　完璧なのに
大理石ほど　完全無欠
岩ほどに　頑丈で
万物包む　大気のように
広く自由で　いられただろう
だが　また今は　押し込められて
閉じ込められて　澱む疑念に　縛られて
恐怖の虜（とりこ）　そういうことか
だが　バンクォーは　死んだのだよな

刺客１

奴のことなら　でえじょうぶ
頭に二十も　穴が開き
転がってます　溝の中
小さな穴で　あろうとも

致命傷なの　間違いねえ

マクベス

でかしたぞ　親ヘビは　もういない

子ヘビは　逃げた

毒ヘビになる　血筋だが

当分は　毒はないはず　牙(きば)にはな

今は去れ　明日また　相談しよう

マクベス夫人

少しもてなし　なさらねば

いけません　ほらあなた

これではお金　支払って

飲食するの　同じこと

食事だけなら　家でするのが　一番よ

外でするなら　おもてなし

その心にて　料理の味が　増すものよ

それがなければ　どんな集いも

味気ないこと　ひどいこと

（バンクォーの亡霊が現れ　マクベスの座るべき椅子に腰を下ろす）

マクベス

良き忠告だ　腹が減っては　戦はできん

さあ乾杯だ！

レノックス

王さま　どうかお座りに

マクベス

今ここに　我が国の
名誉ある　方々が
一堂に　会することに　なっていた
バンクォーひとり　出席あらば
不慮の事故でも　あったより
彼の不実を　なじるのが
まだましかとも　思われる

ロス

お招きを受け　姿見せぬは　無礼なり
どうぞお座り　いただいて
同席の　栄誉我らに　お与えを

マクベス

だが　空席が　どこにもないが

レノックス

ありますが　この席に

マクベス

どこにだな？

レノックス

ここですが　何事か　起こりましたか？

マクベス

誰がした　こんなこと！

貴族たち

いったい何を？

マクベス

俺が殺ったと　言うのだな！
血みどろの　髪の毛を
俺に向かって　振り立てるのは　やめるんだ！

ロス

お立ちください　一同の方
王は　ご気分　優れぬようだ

マクベス夫人

お座りください　御一同
このように　主人がなるの　よくあることで
若い頃から　始まったこと
どうかお席に　お着きになって
発作はすぐに　治まりますの
さあどうぞ　召し上がれ
王を　お見つめ　あそばすと
気分を害し　この発作
余計に長く　続きます
お食事を　お楽しみ　頂いて
気になさらずに　いてくださいね
(マクベスに) それでも　あなた　男なの！

マクベス

そうだ　男だ　大胆な俺

悪魔をも　恐怖の底に　突き落とす
奴の姿を　睨(にら)んでる

マクベス夫人

ああ　何て　立派なの！
ご自分の　恐怖心から　生まれたものよ
ダンカンの　寝床へと　導いた
空に浮かんだ　短剣と　同じもの
ああ　その発作　幻想の　恐怖心
そんなもの　冬の夜(よ)に
暖炉の側(そば)で　老婆が語る
お話を　怖れるの
全く同じ　恥ずべきことよ！
どうしてそんな　顔つきを　なさっているの？
空いた椅子　見ているだけの　ことなのに

マクベス

頼むから！　見てくれよ！　あそこにだ！
ほら　ほら　そこだ！
おまえには　あれが見えない？　そうなのか？
（亡霊に）何だと　それは！
俺には知らぬ　存ぜぬことだ
頷(うなず)けるなら　口をきけ！
もし墓が　この世に死人　送り出すなら
死人など　禿鷹(はげたか)に　食われればいい！

（亡霊　退場）

マクベス夫人

何てこと！　愚にもつかない　空想で
男らしさを　失くしたの？

マクベス

俺が　ここに　立っている
そのことが　事実なら
俺は確かに　奴を見た

マクベス夫人

バカバカしいわ！　恥じ入るべきよ

マクベス

人情味ある　正義の法が
社会を浄化　するまでは
昔から　数えきれない　血が流れ
それ以後も　聞くことさえも
悍ましい　殺戮（さつりく）が　繰り返される
だが　脳みそを　叩き出したら　人は死に
それですべては　終わったが
ところが　今は　二十もの
穴を頭に　開けられようと
奴ら　しつこく　舞い戻る
そして　我らの　椅子奪う
殺人よりも　奇怪なことが　巻き起こる

マクベス夫人

お客の皆が　お待ちかね

マクベス

忘れておった　友の皆
私のことを　訝しく　思ったりせず
持病でな　気にすることは　何もない
さあ皆のため　乾杯しよう
では　席に　着くことにする
ワインを注げ　なみなみと

（亡霊　登場）

ここにいる　皆の健勝
そしてまた　今日は欠席　しているが
親友の　バンクォーに　乾杯だ！
お互いのため　乾杯だ！

貴族一同

忠誠誓い　一同のため　乾杯を！

マクベス

どけと言うのに！　視界から　消え失せろ！
地の底に　舞い戻れ！
おまえの骨に　髄はない
凍てついている　おまえの血
睨みつけてる　その目には

視力など　ないはずだ

マクベス夫人

どうぞ皆さま　これはその
慢性病で　ございます
ご心配には　及びません
楽しい宴　白けさせ　ごめんなさいね

マクベス

男の俺は　何でもできる
毛むくじゃらの　北極熊
角（つの）を突き立て　猪突猛進　する犀（さい）や
カスピ海　沿岸に
うろつく猛虎　受けて立つ
今の姿で　さえなくば
逞（たくま）しい　俺の腱
筋肉は　びくともしない
遣（や）り合うのなら　生き返れ
荒地で　決闘　してやるぞ
もし俺が　家から出ずに
震え上がって　いるのなら
その時に　俺のこと
女々しいと　言うがいい
消え失せろ　悍ましい影！
実体のない　幻（まぼろし）め！

（亡霊　退場）

やっと消えたな　これでまた　元通り
どうかまた　席に座って　いただこう

マクベス夫人

せっかくの　宴の場　台無しよ
取り乱すにも　ほどがある
興覚（きょうざ）めに　なりました

マクベス

あんなもの　目撃し
なぜ冷静に　してられる ?!
あたかも夏の　夕立雲が　湧き起こり
前触れもなく　襲い来た
だが　おまえ　平気だったな
そうなると　自分さえ　疑い始め
あれを見てさえ　平然として
おまえの頬は　血色が良く　赤み差す
俺は恐怖で　顔面が
蒼白に　なり果てた

ロス

何をご覧に　なられたのです？

マクベス夫人

お願いだから　話しかけたり　なさらずに
ますます悪く　なるのです

質問で　いつも興奮　なさいます
皆さま　今夜　ここまでと　いうことに
お帰りの　順序など　気にせずに
今すぐに　お引き取り　願います

レノックス

それでは　失礼いたします
くれぐれも　お大事に

マクベス夫人

皆さま　どうか　おやすみなさい

（マクベスとマクベス夫人を残し　一同　退場）

マクベス

血が流れれば　「血が血を呼ぶ」と　言われてる
墓石が動き　木が語る
そんなことさえ　起こり得る
カササギや　ミヤマガラスが
暴露した　そんな例えも　あるからな

マクベス夫人

もう朝近い　夜と朝との　せめぎ合い

マクベス

どう思う？　マクダフが
俺の命令　従わないで　いることを

マクベス夫人

お使いを　お出しになって　聞かれたの？

マクベス

いや　人づてに　聞いただけ
とにかく　使い　出しておく
どこの家臣の　家でさえ
俺の息　かからぬ奴は　いないのだ
夜が明けたなら　すぐにでも
あの魔女どもの　所へと　行ってみる
絶対に　聞き出してやる
最悪の　手段を使い　やってみて
最悪の　事実であれど　知ることだ
そのことが　俺のために　なるのなら
大義名分　踏み倒す
血まみれの　川深く
足が入って　しまうなら
立ち止まるのも　戻るのも　難儀なことだ
頭に浮かぶ　不可思議なこと
この手の先に　乗り移る
とりあえず　やってしまおう　行動が先
考えるのは　後でいい

マクベス夫人

あなたには　命ある
すべてのものに　付与された
眠りこそ　必要なのよ

マクベス

ではその通り　眠りに就(つ)こう
俺の奇妙な　錯乱も
怖れの　気持ちの　裏返し
鍛錬するぞ　打ち勝つために
俺たちは　まだ事を　始めたばかり

（二人　退場）

第5場

荒野　雷鳴

（三人の魔女　悪魔の女王　ヘカティに出会う）

魔女1

どうなされたか　ヘカティさま？
何か　ご気分　害されて？

ヘカティ

そのわけは　充分　承知　してるはず
出しゃばりの　ババアども
よくもまあ　厚かましくも
マクベスに　謎をかけ
生死のことで　勝手気ままな　取引をして

汝らの　主（ぬし）である　このヘカティさま
すべての悪事　その仕掛人
偉大なる　その方の　お許しもなく
勝手気ままな　行いで
我が隠し技　発揮する場を　失った
それにだな　さらに悪いは
汝らの　したことは
気まぐれで　執念深く
癇癪（かんしゃく）持ちの　マクベス小僧　利するだけ
奴などは　自分のことが　中心で
おまえらなどは　眼中にない
さあ行って　埋め合わせでも
するがいい　おさらばだ
地獄の門で　待ち合わせ
明日（あす）の朝　奴は自分の
運命聞きに　やって来る
地獄の釜や　おまえらの
呪（まじな）い文句　忘れるな
魔法もみんな　整えておけ
これから夜空　ひとっ飛び
陰鬱（いんうつ）で　運命の　終わりを告げる
仕事でも　やりに行こうか
大仕事　やってしまうは　朝のうち
尖った月の　その端（は）から　滴（したた）る雫（しずく）

地面に落ちる　寸前に　掴み取り
早業の　魔法にて　蒸留し
幻の　人影を　次々と　登場させて
奴の心を　惑わせて
破滅の底へ　引き込んでやる
幻想の　魔力によって
混乱の　極みに誘い　死をあざ笑い
知恵や神　怖れの気持ち　忘れさせ
野望の渦に　巻き込んでやり
人間の　敵なるものは
自信過剰と　虚栄心だと　知らしめてやる

（音楽と歌「さあ早く　さあ早く」[19]）

聞いておきなよ　小悪魔が
霧に似た　雲に乗り
わしを待つのが　見えるだろ

（ヘカティ　退場）

魔女１

さあ急ぐんだ　ヘカティさま
すぐに戻って　くるからな

19　雲の上から小悪魔がヘカティを呼ぶ歌

(魔女たち　退場)

第6場

フォレスの豪邸

(レノックス　貴族　登場)

レノックス

私の話　あなたの思い　一致している
さらに穿(うが)った　解釈も　可能です
奇妙な経緯で　事態は進む
高徳の　ダンカン王
彼の死に　マクベスは
哀悼の意を　表(ひょう)したが
実際に　王は誰かに　殺害された
それにまた　勇敢な　バンクォーが
出歩いたのは　日没後
フリーアンスが　殺したと　言えなくはない
事実　逃亡　したからな
おちおち誰も　夜道怖くて　歩けない
ドナルベインと　マルコムが
慈悲深い　王を殺害　するなどと

そんな馬鹿げた　話など
信じる者は　いないはず
マクベスは　悪逆だとし　怒りに満ちて
酔い潰れ　眠り込んでた
衛兵二人　斬り殺したな
その行為　称賛に　値する
そうとも取れる　しかしまた
抜け目なく　やったとも　取れること
衛兵二人　生きていて
自分らが　してないと　証言すれば
犯人捜し　誰しも激怒　していたはずだ
そういうことで　マクベスは
すべてのことを　計画通り　やったのだ
もしダンカンの　息子たち
マクベスの　手に落ちるなら
ああ神よ　そのようなこと　起こらぬように
父親殺し　その罪を
身に受けること　確実だ
マクダフも　我知らず
ずけずけと　言い過ぎた
暴君の　宴に出ずに
ひどく不興を　買ったとか
マクダフが　今どこか　ご存じか？

貴族

ダンカン王の　長男の　マルコムは
継ぐべき王位　暴君に　奪われて
現在は　イングランドの
宮廷に　おいでです
敬虔な　エドワード王[20]の　厚遇を受け
逆境の中　王子としての　ご威光は
いつなりと　身につけて　おられます
マクダフも　すでにその地に　着いていて
イングランドの　王に直接　謁見(えっけん)し
援軍として　武勇に長(た)ける
シィワード　ノーサンバランド　伯爵に
挙兵を願う　おつもりだ
彼らの助け　神のご加護を　共に得て
我々もまた　短剣外し
楽しい宴　催して　客をもてなし
夜が来たなら　安らかに　床に就き
王位に忠誠　尽くすと誓い
公正な　栄誉を受ける
そんな日が　来ることを　願ってる
ところだが　これを知り　マクベスは
憤慨し　戦の準備　始めたようだ

レノックス

20　イギリス王エドワード懺悔王（在位 1042-66）

マクダフを　連れ戻そうと　したとでも？

貴族

その通り　マクダフの返答は
「この私？　いやですね！」
怒った使者は　背を向けて
「そんな返事を　なされると
後で後悔　なさるはず」
そう言いたげに　不満顔にて
立ち去った　そう聞いている

レノックス

それならば　マクダフも
気をつけて　できるだけ
距離を保って　いることだ
空を飛び　イングランドの　城へ行き
マクダフが　着く前に
我らの願い　送り届けて
呪うべき　マクベスの　手中にあって
苦境に落ちた　我が国が
早くまた　神の恩寵（おんちょう）　溢れくる
元の国へと　戻ること　祈るだけ

貴族

私も共に　祈ります

（二人　退場）

第4幕

第1場

洞窟　中央に煮えたぎる大釜　雷鳴

（三人の魔女　登場）

魔女1

三度鳴いたぞ　メス猫が

魔女2

三度と一度[21]　ハリネズミ

魔女3

「今だ！　今だ！」と　地獄の女王

魔女1

大釜回り　エッサ　ホッサと
毒の腸(はらわた)　放り込め
冷たい石の　下にいた　ヒキガエル
三十一日　眠り続けて
汗に出したぞ　毒油

21　偶数は魔術には不都合であるため

魔法の釜に　放り込む　一番手

魔女三人

困難　苦難　倍々と

燃え盛れ　火よ　炎

大釜よ　煮えたぎれ

魔女2

次に入れるの　沼地の蛇の　細切(こまぎ)れだ

煮たり　焼いたり　釜の中

イモリの目　カエルの足と

コウモリの羽根　犬の舌

蝮(まむし)の裂けた　舌の先

トカゲの足に　フクロウの羽根

強烈な　災(わざわ)いの　呪(まじな)い作る

地獄雑炊　泡立てろ

魔女三人

困難　苦難　倍々と

燃え盛れ　火よ　炎

大釜よ　煮えたぎれ

魔女3

ドラコ[22]のうろこ　狼の歯と

魔女のミイラの　内臓と

人食い鮫の　胃と喉と

22　ラテン語で「ドラゴン、怪獣」の意味

暗闇で　掘り出した　毒ニンジンと
ユダヤ人らの　苦い肝臓　ヤギの胆嚢(たんのう)
月食の晩　切り刻まれた　イチイの小枝
トルコの人の　鼻を加えて
ダッタン人の　唇と
売春婦　産み落としたる　赤ん坊
即刻　首を　絞められて
放り出された　溝の中
その子の指を　切り取って
雑炊を　ドロドロに　ネチャネチャにして
虎の臓物　入れ足せば
大釜の　中身はそれで　出来上がり

魔女三人

困難　苦難　倍々と
燃え盛れ　火よ　炎
大釜よ　煮えたぎれ

魔女2

狒々(ヒヒ)の血で　これを冷やせば
呪(まじな)いは　仕上がって　完成品だ

（ヘカティ　悪の妖精たち　登場）

ヘカティ

よし　よくやった

褒（ほ）めてやろうぞ　その努力
分け前は　しっかりと　取らせてやるぞ
さあ　大釜の　周りぐるりと
回り続けて　またぐるり
妖精たちは　クルクルくるり　クルクルくるり
輪になって　歌えや　歌え！

（音楽と歌　悪の妖精たち　ヘカティ　退場）

魔女２

親指の先　ピクピク動く
邪（よこしま）な奴　やって来る
開けろ　ロックを　ノックする奴　入れるんだ

（マクベス　登場）

マクベス

真夜中に　人知れず
悪事働く　婆（ばばあ）ども！
どんなあくどい　企（たくら）みを　しておるか？

魔女三人

説明なんて　できないことさ

マクベス

おまえらに　頼みがあるぞ

どうやって　会得したかは　知らないが
おまえらの　予言能力　発揮して
俺の出す　問いにだけ
答えては　くれないか
風という風　解き放ち
教会　破壊　し尽くそうとも
海に怒涛（どとう）の　波　吹き起こし
船を転覆　させようと
穂を出す前の　麦　倒し
木々をなで切り　しようとも
城が崩れて　衛兵の
頭上に落ちて　こようとも
宮殿や　尖塔が　傾こうとも
そんなことなど　どうでもよいわ
自然を富ます　万物の種　吹き飛ばし
破壊が破壊　呼べばいい
ただ俺の　質問にさえ
答えれば　それでよい

魔女１

言ってみろ！　知りたいことを！

魔女２

訊（き）いてみろ！　知らないことを！

魔女３

答えてやろう！　知るべきことを！

魔女１

あたいらの　口からそれが　聞きたいか？
それともそれは　あたいらの　主(ぬし)からか？

マクベス

主という　者からだ　会わせろよ！

魔女１

自分の子豚　九匹も　食い尽くす
メス豚の血を　流し込め
屠殺(とさつ)台から　流れ落ちたる　脂汗(あぶら)
それも一緒に　炎の中に　流し込め

魔女三人

さあみんな　出ておいで
お偉方から　下っ端までも
自分の役目　手際よく　やっちまえ

（雷鳴　第一の幻影は兜(かぶと)をつけた生首　登場）

マクベス

言ってくれ　おまえには
どんな魔力が　備わってるか　分からぬが

魔女１

この者は　おまえの思い　知っておる
この者の　言うことを　よく聞くんだぞ
おまえは何も　言ってはならぬ

第一の幻影

マクベス！　マクベス！　マクベス！
気をつけるんだ　マクダフに！
気をつけるんだ　ファイフの領主！
言うことは　これだけだ

（第一の幻影　消える）

マクベス

何者であれ　忠告は　恩に着る
俺の危惧　ずばりグサッと　言い当てた
もう一言　つけ足して　言ってくれ！

魔女１

頼みなんかは　聞くもんか
さあ次の者　出してやる
最初の者と　比べると
凄いパワーの　持ち主だ

（雷鳴　第二の幻影が現れる　血まみれの
子供姿で登場）

第二の幻影

マクベス！　マクベス！　マクベス！

マクベス

もし俺に　三つの耳が　あるのなら
その耳で　一語(ひとこと)も
漏らさずに　聞いてやる

第二の幻影

残虐であれ　大胆であれ　意志固く
人間どもの　力など　嘲笑え
女から　ま(正)さしく　生まれた
男には　マクベス倒す　力ない

（第二の幻影　消え去る）

マクベス

それならば　マクダフよ　生きておれ
貴様なんぞは　怖れない
しかしだな　用心しても
し過ぎることは　あるまいぞ
将来の　運命固め　そのために
マクダフを　生かしておくは　愚策なり
奴さえ死ねば　蒼ざめた
恐怖心は　消え去って
たとえ雷鳴　轟(とどろ)けど
熟睡できて　安心だ

（雷鳴　第三の幻影　王冠被り　木の枝を

持って登場）

マクベス

こいつは何だ？　王の嫡子か？

子供の頭上　王冠を　載せている

魔女三人

ただ聞くだけだ　話しかけたり　してならぬ

第三の幻影

苛立たす者　いようとも

悩ませる者　謀叛企む　者いても

ライオンのよう　誇らしく　気にするな

マクベスに　敗北はない

バーナムの森　ダンシネーンの　丘に向け

攻め寄せて　来るまでは　盤石だ

（第三の幻影　消える）

マクベス

そんなことなど　あり得ない

誰がいったい　森になど　招集をかけ

木に向かい　その根　引き抜き

丘に登れと　命令できる？

幸先（さいさき）の良い　知らせだな

よしこれで　バーナムの森が　動くまで

俺は王座に　君臨し
天が与えた　俺の寿命を　全（まっと）うするぞ
死ぬまでずっと　安泰で
暮らせると　いうことだ
ただ一つ　是が非でも
知りたいことが　あるのだが
言ってくれ！　もしおまえらに
そのこと予言　できるなら
バンクォーの　跡継ぎが　国王になる
そんなこと　あるのか　ないか？

魔女三人

もうこれ以上　知らぬがいいぞ

マクベス

それだけ聞けば　満足できる
答えないなら　おまえらに
永遠に　呪いあれ！
頼むから　教えろよ！

（大釜が沈んでいく　不気味な音楽）

釜が沈んで　いくではないか！
この音楽は　いったい何だ！

魔女１

見せてやれ！

魔女2

見せてやれ！

魔女3

見せてやれ！

魔女三人

マクベスの　目に　見せつけてやれ
悲嘆の底に　追い落とせ
影のように　現れて
影のように　消えてゆけ

（八人の王の幻影が現れる　最後の王は鏡を持っている　その後ろにバンクォーの亡霊が続く）

マクベス

（最初の幻影に）おまえはバンクォー　そっくりの
亡霊だ　消え失せろ　嫌な王冠
俺の目を　焼き焦がす
（第二の幻影に）貴様の頭　その上にさえ
黄金の　王冠が
（次々に現れる幻影に）第三の奴　これまた同じ
薄汚くて　ボロボロの　魔女たちめ！
どうして俺に　こんなもの　見せるんだ！
四番目？　俺の目よ　潰れっちまえ！

（五番目　六番目も通り過ぎる）

また一人？　七番目？　もう見るものか！
八番目！　手に鏡　持っている
鏡には　大勢の王　映ってる
ある者は　宝玉(ほうぎょく)二つ
王笏(おうしゃく)三つ　持っている[23]
怖ろしい　光景だ
これは本当　だったのか
血まみれの　バンクォーが
俺に　ニタニタ　笑いかけ
この王たちの　行列を
指差して　言ってるようだ
これが自分の　子孫だと
将来きっと　こうなるのだな

魔女１

そうだとも　みんな皆　この通り
なぜそれほどに　驚くか
マクベスほどの　人間が

23　宝玉二つは、スコットランド王「ジェイムズ六世」が、エリザベス一世亡き後、イングランド王を兼ねて「ジェイムズ一世」になったこと。王笏三つは、通常イングランドの戴冠式では王笏は二つ、スコットランドの際には一つ使われていたため、その合計を示している

さあみんな　マクベスの
景気づけでも　やろうじゃないか
あたい空気に　呪（まじな）いかけて　音鳴らす
あんたらは　跳ねて踊って　やればいい
そうすれば　この偉大なる　王さまは
猫なで声で　言うだろう
「おまえらの　おもてなし　ご苦労さま」と

（音楽　魔女が踊り　消え去る）

マクベス
奴らはどこへ　行ったのか？　消え失せたのか？
ああ　忌まわしい　この日という日
暦ある限り　永久に　呪われろ！
（舞台の袖に向かい）来るがよい　そこにいる者！

（レノックス　登場）

レノックス
探しましたぞ　マクベス王よ
ご用は何で　ありましょう？
マクベス
魔女どもを　目にしたか？
レノックス

いえ　何も

マクベス

今そばを　通った者は？

レノックス

いえ　誰も

マクベス

奴らが乗って　飛んで行く
空気など　腐ってしまえ！
奴ら信じる　者どもは　地獄に落ちろ
馬の蹄の　音がした　誰が来たのか？

レノックス

二・三人です　マクダフが
イングランドへ　逃亡したと
お伝えに　参りましたぞ

マクベス

イングランドへ　逃亡と

レノックス

その通りです

マクベス

〈傍白〉「時」という奴　壮絶な
俺の計画　出し抜きやがる
行動に　出るのなら
計画と　行動は　手を取り合って
たった今から　進まねば

考えと　行動を　合致させ
思いついたら　即時　行動　することだ
手始めに　マクダフの城　急襲するぞ
ファイフの領土　奪取して
奴の妻や子　親類縁者　共々に
一人残らず　斬り殺す
馬鹿者が　ホラを吹いてる　わけではないぞ
この激昂(げきこう)が　冷めぬうち　やり終える
もうあんな　見世物などは　クソ食らえ！
使者の者ども　どこにいる？
その場所に　案内いたせ

（二人　退場）

第2場

ファイフ　マクダフの城

（マクダフ夫人　息子　ロス　登場）

マクダフ夫人
あの人は　どうしたのです？
この国を　逃げ出すなんて！
ロス

辛抱が　大切ですよ

マクダフ夫人

辛抱　ない人　あの人よ
逃亡なんて　狂気の沙汰よ
何もせず　怖れ慄く　だけでさえ
謀叛人だと　見なされる

ロス

逃げたのが　知恵の結果か
怖れなのかは　まだ不明

マクダフ夫人

妻を置き去り　子供を残し
逃亡するの　知恵ですか
館　称号　捨て去って
一人で　逃げて　行ったのよ
私らのこと　考えてなど　いないのよ
人として　情愛欠けて　いるのです
鳥の中でも　とても小さな　ミソサザイ
巣のひな鳥を　守るため
フクロウにさえ　立ち向かう
あの人に　あるものは　怖れだけ
情愛の　一欠片（ひとかけら）さえ　見えないわ
知恵などは　さらさらないわ
逃げ出すなんて　理性も何も　ないんだわ

ロス

奥さま　どうか　気をお静めに
ご主人は　高潔で　賢明であり
判断力に　優れています
諸般の事情　よくご存じで
これ以上　話すのは　差し控えます
昨今は　冷酷な　時代です
知らぬ間に　謀叛人に　されている
恐怖の　源（みなもと）　不明でも
恐怖心から　噂信じる
荒れ狂う　大海で　波まかせ
あちらこちらと　漂うに　似ています
では今は　お暇（いとま）せねば　なりません
またすぐに　戻ってきます
物事は　どん底に
落ちてしまえば　そこまでですよ
また元の　状態に　上がってきます
奥さまに　神のご加護が　ありますように！

マクダフ夫人

（息子を見て）父親が　いるはずなのに
どこにもいない

ロス

愚かな私　これ以上　ここに居てると
感情に　溺れてしまい
かえって迷惑　かけるかも

今すぐこれで　失礼します

（ロス　退場）

マクダフ夫人

もうお父さま　亡くなられたの
どうするつもり？　どうして生きる？

息子

小鳥のように

マクダフ夫人

まあ　虫やハエなど　食べてなの？

息子

食べられるなら　なんでも食べて
そうして小鳥　生きてるよ

マクダフ夫人

可哀そうよね　小鳥さん
罠（わな）　網　鳥もち[24]　落とし穴
そんなものが　一杯よ

息子

こわくはないよ　みじめな鳥の　子どもには
ワナなんか　しかけたり　しないでしょ
お母さま　なんと言っても

24　モチノキなどの樹皮からとったガム状の粘着性物質

お父さま　しんだりなんか　してないよ

マクダフ夫人

いえ　死んでます　お父さまなく

あなたどうする　つもりなの？

息子

お母さまこそ　お父さま

いなければ　どうするの？

マクダフ夫人

あんな人なら　市場に行けば　たくさん買える

息子

たくさん買って　たくさん売るの？

マクダフ夫人

おもしろいこと　言いますね

その年にして　上出来よ

息子

お父さま　ムホン人？

マクダフ夫人

どうかしら

息子

ムホン人って　どんな人？

マクダフ夫人

そうですね　誓いを立てて

破ってしまう　人のこと

息子

ムホン人って　みんなそう？

マクダフ夫人

そんなこと　する人みんな　謀叛人

そのせいで　縛り首に　されるのよ

息子

ちかいをたてて　まもらない人

クビをつられて　しぬのです？

マクダフ夫人

みんな皆　死に近い

息子

それなら　ちかいをたてて

まもらない人　バカですね

そういう人は　たくさんいます

しょうじきな人　みんなつかまえ

クビをつるせば　いいだけなのに

マクダフ夫人

可哀そうだわ　あなたを見ると

父親なしで　どうしたら　いいのかしらね

息子

もしお父さま　しんだなら

お母さま　きっとなみだを　ながすでしょ

ながさないなら　よいしるし

すぐにまた　あたらしい

お父さま　あらわれるかも

マクダフ夫人

痛ましく　可哀そうな　おしゃべりさんね
あり得ない　お話ね

（使者　登場）

使者

神のご加護を！　奥さま
私のことは　ご存じないが
私のほうは　奥さまのこと
存じ上げてぞ　おりまする
奥さまの身に　危険が迫り
ここになど　いらっしゃっては　なりません
身分など　ない者の　忠告を聞き
お子さまを連れ　お逃げください
急な話で　脅(おど)かせるのは
無礼なことと　存じます
冷酷な手が　喉元に　来ています
言わないほうが　無礼なのです
危険が　もう今　すぐそこに！
どうかご無事で！　ではこれで　失礼します！

（使者　退場）

マクダフ夫人

どこに逃げろと　言うのかしらね
何一つ　悪いことなど　していない
思い出したわ　この世の中は
悪事をすると　褒められて
その逆に　良いことすると
危険で　愚かと　見なされる
ああそれで　私たち
どうすれば　いいのかしら
ただ何も　悪いことなど　してないと
涙ながらに　訴えるしか　仕方ないのね

（刺客たち　登場）

マクダフ夫人

誰なのよ　あなたたち？

刺客

マクダフは　どこにいる！

マクダフ夫人

あなたなんかに　見つかるような
不浄な所　ではないわ

刺客

マクダフは　謀叛人だぞ！

息子

うそを言うな！　毛むくじゃらの　ワルものめ！

刺客

何をぬかすか！　このガキめ！

謀叛人の　小童（こわっぱ）が！（刺す）

息子

ああ　ヤラれたの　お母さま

にげて！　にげてください！（死ぬ）

（マクダフ夫人「人殺し！」と叫びながら

走り去る　刺客たちが後を追う）

第３場

イングランド　エドワード懺悔王の王宮の前

（マルコム　マクダフ　登場）

マルコム

どこか人目に　つかない木陰　そこで我らの

心の内を　語り合い　涙流そう

マクダフ

いえ　それよりも　死を賭（と）して

剣を取り　地に伏した

祖国再建　目指しましょう

朝が来る度　さらにまた
夫失くした　女が嘆き
父を失くした　子供らが　泣き喚き
新たなる　悲嘆の声は　天を突き
祖国のように　天そのものが　響き返して
同じ苦痛の　嘆き発して　おりますぞ

マルコム

信じられれば　嘆きもします
知ったなら　信じもします
できることなら　正します
あなたの言った　すべてのことは　頷ける
名を口に　するだけで
舌がただれる　この暴君も
昔日(せきじつ)は　正直と　思われていた
あなたさえ　彼を尊敬　してました
まだあなたには　手出しなど　していない
私は　未だ　未熟です
私など　裏切ることは　簡単で
そうすれば　あなたには　利がありますね
弱く貧しく　哀れで無知な　子羊を
怒れる神に　捧げることが
得策だ　そうとも言える

マクダフ

私(わたくし)は　裏切り者で　ありません

マルコム

だが　マクベスは　裏切り者だ
善良で　高徳の人　さえもまた
王が命令　下されるなら
屈することも　考えられる
こんなこと　言ったりしては　申しわけない
私の妄想　何であれ
あなたの人柄　変わりなく　ご立派だ
その長(おさ)[25]は　地獄に落ちて　しまったが
まだ天使たち　健在で　輝いている
悪のすべては　美徳の仮面　装うが
真の美徳は　そのままで　変わりない

マクダフ

私の希望　絶望になる

マルコム

戸惑う点は　その希望
無防備に　あなたは妻子　残してきたが
あなたにとって　貴重な宝
愛の絆で　結ばれた　人たちだ
それなのに　別れの言葉
一つさえ　残していない
申しわけない　私の疑念

25　堕天使の長である悪魔サタン

あなたの気持ち　傷つけてるが
私自身の　身の安全が　気にかかるのだ
私の思い　どうであれ
あなたは立派　清廉潔白（せいれんけっぱく）

マクダフ

血を流せ！　血を！　哀れな祖国！
限りない　暴虐や　僭主（せんしゅ）体制！
確固たる　礎（いしずえ）築く　徳や善
今や暴君　阻止できぬ
悪には悪を　重ねるがいい
王冠は　法である！
勝手気ままに　振る舞うがいい
私（わたくし）は　悪者でない
暴君の下　領土をみんな
与えると　言われても
東方の　豊かな土地を
付与すると　唆されて
耳を貸す気は　ありません

マルコム

気を悪くなど　しないでほしい
あなたを特に　疑って　いるのではない
我が祖国　抑圧により　沈みゆき
涙を流し　血を流し　その傷口は
日ごと　大きく　なっていく

だが　武器を持ち　立ち上がる　人たちもいる
誉れある　イングランドの　王からは
数千の　軍勢の　申し出もある
問題は　もしこの私
暴君を　蹴散らせて
剣先に　その首を　掲げようとも
哀れ祖国に　今以上　悪がはびこり
多くの点で　さらに苦しむ　ことになる
次に王位に　就いた者　そのせいで

マクダフ

それはいったい　誰のこと？

マルコム

私のことだ　私の中に
あらゆることの　悪の芽が　眠ってる
開花したなら　あの黒い　マクベスさえも
純白の　雪の如くに　思うはず
哀れな祖国　際限のない
我が悪と　比較して
マクベスを　子羊のよう　思うはず

マクダフ

ぞっとする　地獄に巣くう　悪魔でも
マクベス凌(しの)ぐ　者いない

マルコム

確かに彼は　残忍　好色　強欲で

不実　欺瞞(ぎまん)で　衝動的で
悪意に満ちて　罪という名の
あらゆる悪事　してのける
だがそれと　比較してさえ
我が情欲は　底なしで　際限がない
人妻や　その娘　年増(としま)　生娘(きむすめ)
どんな女も　我が情欲を　満たさない
欲の勢い　あらゆる壁を　打ち砕く
こんな私が　祖国の統治　するよりは
マクベスが　まだましだとも　言えないか？

マクダフ

際限のない　不摂生
自制心ない　欲望は
暴虐と　なりえます
それ故に　時ならずして
王位　追われた　者の数
少なくは　ありません
でも杞憂(きゆう)には　及ばない
王位就くべき　人が今
王になられる　ことだから
ご自分の　楽しみが
密かに　あるは　当たり前
でも　他人には　公にせず
そうすれば　世間の批判　かわせます

喜んで　王に応じる
女性など　たくさんいます
たとえあなたが　ハゲタカのよう　貪欲であれ
思し召し　それを知るなら
喜んで　身を捧げ来る　女性など
数限りなく　いるでしょう

マルコム

それだけで　ないのです
私の中に　飽くことのない　物欲があり
王にでも　なろうものなら
領地を求め　領主の命　奪いかねない
宝石や　屋敷など
取れば　取るほど　欲しくなる
不正まみれの　争いを
善良で　忠義な者に　けしかけて
富の獲得　競争で
人間を　滅ぼして　しまうはず

マクダフ

物欲は　根が深い
短い夏に　似た情欲と　比較して
張り詰めた　有害な根は　しつこくて
その刃　多くの王を　殺害したが
心配に　及ばない
スコットランド　その地には

物欲満たす　富がある
ご自分の　領内で
ご満足　なさるはず
持っておられる　様々な
美徳とそれを　天秤に　かけるなら
今述べられた　欠点は
問題に　なりません

マルコム

私には　美徳なるもの　何もない
王にあるべき　美徳のうちの
例えて言うと　公正や　真実味
節制や　一貫性や
恵み深さや　寛大さ
慈悲の心や　謙虚さや
敬虔な　精神や
忍耐力や　勇気など
不屈の気概　どれ一つ
持ち合わせては　いないのだ
それに反して　逆のことなら
どんな種類の　罪悪も
心の中に　満ち溢れてる
それだけでなく　もし権力が
手に入るなら　人と人との　調和など
私はきっと　地獄の底へ　叩き込む

この世の平和　打ち壊し
社会の秩序　破壊する

マクダフ

嘆かわしいは　スコットランド！

マルコム

こんな男が　王になるのに
相応しいなど　思うのか？
私はこんな　人間なのだ

マクダフ

王になるのに　相応しい　人間と！
生きる値打ちも　何もない！
哀れな国だ！　スコットランド！
王の資格も　持たずして
血まみれの　王笏を手に
かざしてる　暴君がいる
健全な日々　いつまた戻る？
正当に　王位継ぐ人　自らが
己の罪を　数え上げ
自分の血筋　汚してる
父君（ちちぎみ）は　聖なる王で
母君は　ほとんど　いつも
跪（ひざまず）き　祈られて
その日　その日を
神に捧げて　おられましたぞ

ではこれで　あなたとは　決別します
あなたが言った　数々の　悪行で
もうきっぱりと　スコットランド　縁切りだ
この胸にある　一縷(いちる)の望み　消え失せた

マルコム

ああ　マクダフ殿よ
その心意気　誠心誠意
疑いの　翳(かげ)りをすべて　消し去った
あなたが見せた　真心と
敬意の気持ち　信じます
悪辣(あくらつ)な　マクベスは
ありとあらゆる　策を弄(ろう)して
私を捕らえ　殺そうと　企んでいる
そのことを　回避するため
私は知恵を　働かせ
慎重になり　人を容易(たやす)く
信じることは　避けていた
だが　神は　我ら二人を
結び合わせて　くださった
今ここに　私自身も
あなたの指揮の　もとにつき
従うことに　する所存
また　自らを　貶(おとし)めた
発言は　撤回し

それを　完全　否定する
言ったこと　すべて皆
我が性質に　そぐわない
私は未だ　女のことは　何も知らない
偽りの　誓いなど
ただの一度も　したこともない
自分自身の　物でさえ
それに執着　したこともない
約束も　一度たりとも
破ったことも　ありません
悪魔でも　仲間裏切る
ことなどは　望まない
真実は　命ほど
大切に　しています
今さっき　自分自身を　語ったことが
私のついた　初めての　嘘なのだ
私の命　あなたと祖国
そのために　捧げよう
実は　あなたが　来る前に
シィワード公　旗下　精鋭の
一万の　軍勢が　準備整え
出陣の　態勢に　入ったという
我々も　それに加わり
正義のための　戦いに　勝利しようぞ

なぜ一言も　話さないのか？

マクダフ

これほどの　喜びと
先ほどの　失望が　重なり合って
戸惑って　いるのです

（イングランドの医者　登場）

マルコム

それじゃ　話は　後にして
（医者に）王はお出かけ　なさるのですか？

イングランドの医者

その通りです　大勢の　哀れな者ら
王の治療を　待っております
彼らの病　どんな医術も　効き目ない
だが王が　触れられるだけ
それで彼らの　病はすぐに　癒えるのですよ

マルコム

いや　どうも　ありがとう

（イングランドの医者　退場）

マクダフ

医者が言うのは　いかなる病（やまい）？

マルコム

「王の病」[26]と　呼ばれるものだ
これは聖なる　イングランドの
王が行う　奇蹟です
イングランドに　来て以来
何度も王が　なされてるの　見たことがある
いかにして　天から力
授けられたか　王のみぞ知る
奇病になった　人々が
身は腫れ上がり　膿（うみ）にただれて
見るも無残な　症状なのに　治されるのだ
金貨の首輪　病人に　かけてやり
お祈りを　捧げられ　ただそれだけで
王は病を　癒されるのだ
聞くところでは　この王の　治癒力（ちゆりょく）は
歴代の王　受け継がれ
奇蹟の徳に　加うるに
王は予言の　天賦（てんぷ）の才を　お持ちです
王座の周り　様々な
恩寵に　満ち溢れてる

（ロス　登場）

26　頸部リンパ節の病気

マクダフ

ああ　誰か　やって来る

マルコム

祖国の者の　ようである　誰だろう

マクダフ

ああ　ロスだ

我が従弟(いとこ)　よく来たな

マルコム

今やっと　分かったぞ

同国人で　ありながら　お互いに

異邦人だと　見せかけるなど

そんな事態は　今すぐに

終わるよう　神に祈ろう

ロス

アーメン

マクダフ

スコットランド　変わりはないか？

ロス

ああ　こんなにも　惨めな祖国

自分のことを　知るのを怖れ　怯えてる国

祖国などとは　思えない　墓場のようだ

無知な者しか　微笑まず

溜息や　うめき声　泣き叫ぶ声

天空に　響いてる
気にする者は　誰もない
悲嘆の声も　日常の
感情と　見なされて
死者を弔う　鐘　鳴れど
誰の弔い？　他人事
善良な　人の命が
帽子を飾る　花よりも　短く咲いて
時ならずして　散ってゆく

マクダフ

詳細に　語られたこと　事実だな

マルコム

最近の　際立った　惨事は何か？

ロス

一時間前　その惨事さえ
新たなものが　加わって
すぐ古く　なるのです

マクダフ

妻の様子は？　健（すこ）やかでした？

ロス

ご無事であった

マクダフ

子供らは？

ロス

無事でした

マクダフ

暴君も　彼らの憩い

壊しては　いないのですね

ロス

皆さまは　お元気でした

お別れに　訪れました　その時は

マクダフ

言葉など　出し惜しみせず　言ってくれ

ロス

私がここへ　良くない知らせ　運ぶ時

噂を耳に　したのです

憂国の士が　数多く　立ち上がったと

それに応じて　暴君の　軍勢が

動くのを　目撃し

今が援軍　送るべき

好機だと　察したところ

マルコムさまが　祖国にて

お姿を　お見せになれば

続々と　兵士　結集　いたします

こんな惨めな　状況からは

抜け出そうとし　女さえ

戦いに　加わるでしょう

マルコム

その者たちも　喜ぶだろう
我々は　出陣するぞ
慈悲深い　高徳の　イングランド王
名将の　シィワード旗下
一万の兵　貸与されたぞ
キリスト教の　国中で
知れ渡る　戦に長けた　将軍だ

ロス

その吉報に　吉報で
お応えしたい　ところだが
私の知らせ　聞く者いない
荒野にて　喚くべきもの

マクダフ

誰に関わる　ことなのか？
一般的な　ことなのか？
それとも誰か　個人一人に　関わる知らせ？

ロス

心ある人　その悲報　耳にして
心痛まぬ　人いない
だがこれは　あなた一人に　関わる知らせ

マクダフ

私にならば　何も隠さず
今すぐに　言ってくれ

ロス

あなたの耳が　私の口を
侮蔑（ぶべつ）すること　ないように
私の口は　あなたの耳が
今まで聞いた　ことがない
深刻な音　悍ましい音　立てるのですよ

マクダフ

見当がつく

ロス

あなたの城は　急襲されて
奥さまも　お子さまも　殺されました
その様子　語るなら
その方々の　死の上に
あなたの死をも　重ねることに　なりそうだ

マルコム

ああ神よ！　あなたには　慈悲はないのか！
（マクダフに）帽子で涙　隠したり
しなくてもいい　自然のままで
悲しみに　言葉与えて　やるがいい
言葉失くした　悲しみは
心を破壊　してしまう

マクダフ

子供らも？

ロス

奥さま　お子さま　召使など

城にいた者　みんな皆

マクダフ

それなのに　私はそこに　いてやれず

妻さえも　殺されたのか

ロス

言いました　通りです

マルコム

力落とさず　思う存分

復讐すれば　薬になって

致命的なる　傷痕（きずあと）を

癒すことにも　なるだろう

マクダフ

あいつには　子供がいない

可愛い子供　みんなだと？

「みんな」と言った？　みんなだと！

地獄の鳶（とんび）　マクベス野郎！

あのいじらしい　雛（ひな）や母鳥

一気に襲い　引き裂いた　そう言うのだな！

マルコム

勇気をもって　耐え抜くのです

マクダフ

雄々しく　耐えて　みせましょう

だが人として　耐え難い

妻と子は　私にとって　最も大事

神もただ　呆然(ぼうぜん)と
見過ごした　そう言うのだな
助けようとも　何もせず
罪深き　マクダフよ
彼ら皆　私のせいで　殺された
男としては　能無しだ
私の罪で　彼らが罰を　受けたのだ
どうか神様　彼らには
安らかな　永久(とわ)の眠りを　お与えに！

マルコム

悲しみで　あなたの剣を　研いでください
その嘆き　憤りへと　昇華させ
心を鈍化　させるのでなく
猛(たけ)り狂えば　いいのです

マクダフ

女のように　さめざめと泣き
大声で　喚くことなど　できればいいが
ああ神よ　我を哀れと　お思いならば
すぐさま　我と　大魔王　マクベスを
一騎打ち　させてください
剣と剣との　男の勝負
討ち逃すなら　天の采配　受け止める

マルコム

まさに男の　決意です

さあ行こう　イングランドの　王のもとへと
軍勢は　整った
あとは出陣　命令だけだ
マクベスは　今や腐った　リンゴ同然
ひと揺れで　落ちる身だ
天上の神　そのご加護　きっと我らに
長い夜にも　必ず朝が　やってくる

（一同　退場）

第5幕

第1場

ダンシネーン　マクベスの城の一室

（スコットランドの医者　侍女　登場）

スコットランドの医者

これであなたと　二晩寝ずに　夫人の様子
観察したが　変な兆候　見られませんな
この前に　徘徊したの　いつのこと？

侍女

王が戦場　出られてからは
何度も私　見たのです
奥さまが　ベッドから　起き上がり
ナイトガウンを　お召しになって
クロゼット　その鍵を開け
紙を取り出し　折りたたみ
何かを書いて　読み返し
封をして　ベッドへと　お戻りになる
その間中　お眠りに　なったまま

スコットランドの医者

精神が　錯乱の　状態なのだ
眠りながらも　覚醒時とは
同じ行動　するのだな
歩き回って　ご指摘のこと　なさるなら
その時に　何か言葉を　発せられるの
聞いたことなど　ありますか？

侍女

ございます　でも奥さまの　言葉そのまま
お伝えするの　控えます

スコットランドの医者

私にならば　いいのでは？
医者には話す　必要が……

侍女

私の話　保証する人　いなければ
お医者さまでも　どなたでも　できません

（マクベス夫人　灯りを手に登場）

侍女

奥さまが　お見えです　いつもの様子
本当に　深い眠りの　中でのことで
ご覧ください　ここに隠れて

スコットランドの医者

あの灯り　どうやって　手に入れられた？

侍女

ベッドのそばに　置かれたもので
奥さまは　いつも灯りを
点(とも)すようにと　仰(おっしゃ)って

スコットランドの医者

見てごらん　目は見開いて ……

侍女

でも意識　閉じられたまま

スコットランドの医者

何をなさって　いるのです？
見るも不思議な　あの両手　そのこすり方

侍女

あのように　いつも両手を
洗う仕草を　なさるのですよ
十五分間　続けたり　なさいます

マクベス夫人

まだここに　しみがついてる

スコットランドの医者

お聞きなさいな　何か話して　いる様子
話されること　書き留めておく
忘れると　困るから

マクベス夫人

消えなさい！　忌まわしいしみ

消えてと言うに！　一・二・一・二と
そうよ　今　やるのは　今よ
地獄は闇よ　何てこと！
武人のくせに　怖がるなんて！
誰が知ろうと　何を怖れる　ことあるの！
でも老人に　あれほどの血が
あるなどと　思っても　みなかった

スコットランドの医者

今の話を　聞きました？

マクベス夫人

ファイフの領主[27]　妻がいた
今どこに？　何よ　これ？
もう二度と　この手きれいに　ならないの？
お止(や)めになって　お願い　あなた
もうこれで　お止めになって！
パニックになり　何もかも　ブチ壊しだわ！

スコットランドの医者

何てこと！　知ってしまった！
知ってはならぬ　ことなのに……

侍女

奥さまが　口に出しては　ならぬこと
神様だけが　ご存じの

27　マクダフ

心の内を　表して

マクベス夫人

まだここに　血の匂い

アラビア中の　香水を

この手にみんな　つけたとしても

芳(かんば)しい　香りには　ならないんだわ

おお！　おお！　おおーっ！

スコットランドの医者

何という　溜息か！

心には　ひどい重圧　のしかかり

耐えられず　こうなったのだ

侍女

私の胸に　あんな悲しみ

持ちたくないわ　たとえ王妃の

高い地位など　与えると　言われても

スコットランドの医者

さて　さて　さてと

侍女

神様が　あの苦痛から　奥さまを

解放させて　くださるのなら

スコットランドの医者

この病　私の手には　負えぬこと

夢遊病でも　ベッドにて

安らかに　亡くなった人　数多くいる

マクベス夫人

手を洗い　ナイトガウンを　早く着て！
蒼ざめた　顔をしないで！
もう一度　言いますよ！
バンクォーは　地下の底
墓からなんて　出てくることは　ありません

スコットランドの医者

そうだったのか

マクベス夫人

ベッドへ！　ベッド！
城門を　叩く音　さあさあ早く　お手を携え
やったことなど　取り消せないわ
ベッドへ！　ベッド！　さあ早く！

（マクベス夫人　退場）

スコットランドの医者

これでベッドに　戻られるのか？

侍女

まっすぐに

スコットランドの医者

忌まわしい　噂が広く　伝わっている
道理に背く　行いに
道理に悖る　患いが　ついてくる

悪に汚れた　精神は
耳など持たぬ　枕へと
その秘密　打ち明ける
奥さまに　必要なのは
医者ではなくて　神様だ
ああ　神よ　我らの罪を　お赦しに！
奥さまの　身の回り
気配りを　怠らず
自ら危害　加えることが　できる物
取り除くこと　不可欠ですよ
よく見守って　あげなさい
それでは　これで　おやすみなさい
このありさまは　目にしたくない
思うところは　いろいろあるが
そんなこと　口には出せぬ

侍女

おやすみなさい

（二人　退場）

第2場

ダンシネーン近くの荒地　軍鼓　軍旗

（メンティース　ケイスネス　アンガス
レノックス　兵士たち　登場）

メンティース
イングランドの　軍勢は
近くまで　来ています
指揮を執るのは　マルコムで
叔父のシィワード　勇敢な　マクダフと
彼ら皆　復讐に　燃えている
積もる思いは　死者でさえ　奮い立たせて
戦場に　赴(おもむ)かせるで　ありましょう

アンガス
バーナムの森　その辺りにて
友軍に　落ち合えるはず
彼らも共に　その方向に　進軍してる

ケイスネス
ドナルベインも　兄君(あにぎみ)と　ご一緒か？

レノックス
同行は　されてない　様子です
名のある方(かた)の　名簿を持参　しています

シィワード殿の　ご子息や
数多い　初陣の　若武者も

メンティース

暴君の　マクベスは　どうしてるのか？

ケイスネス

ダンシネーンの　城の防備を　固めています
気が触れて　手がつけられぬ　そんな噂で
激情も　狂気の沙汰だ
そう言う者も　いるようだ
確実なのは　統率力を　失ってます

アンガス

ここに至って　密かにやった
数々の　殺害の血が
両の手に　こびりつき
ネバネバしてる　ことだろう
刻々と　起こる反乱
奴の裏切り　責め立てている
部下でさえ　命令に
否応なしに　従っている
忠誠心の　欠片（かけら）さえない
今は王位も　ぶら下がり　状態だ
ちんちくりんの　盗人（ぬすっと）が
巨人の衣装　着ているようだ

メンティース

奴の心が　度を失って　当然だ
奴自身　自らの　存在を
呪っていると　いうことだ
さあ　進軍だ！

ケイスネス

仕える人に　仕えるは
病める祖国を　癒すため
忠誠を　真(まこと)の主君
マルコム殿に　捧げよう
失われたる　我が祖国
再生のため　心血を　注ぐのだ

レノックス

貴い花を　潤して
雑草を　根絶やしに　してやるぞ
バーナムの森　一気に目指し　進軍だ

（一同　退場）

第3場

ダンシネーン　マクベスの城の一室

(マクベス　スコットランドの医者　従者
登場)

マクベス

もう報告の　必要はない
逃げたい奴は　逃げるがいいぞ
ダンシネーンに　バーナムの森　やって来るまで
俺には怖い　ものはない
マルコムなどの　若造が
どうしたと　ぬかすのだ！
女から　生まれた奴だ　そうだろう
この世のすべて　見通せる　魔女の予言だ
「怖れることは　何もない
マクベスよ　女から
『まさしく』(正)　生まれし　人間に
おまえを倒す　力なし」と
逃げるがいいぞ　裏切り者の　領主ども
イングランドの　道楽者と
結託するの　お似合いだ
俺の魂　俺の勇気は

疑念などでは　揺らぎはしない
恐怖でも　戦慄(わなな)くわけが　ないのだぞ

（召使　登場）

マクベス

ヒドい悪魔に　取りつかれ
青白い　バカ顔を
黒にでも　染めるがいいぞ！
ガチョウ面(づら)など　吹き飛ばせ！　どうかしたのか！

召使

一万の……

マクベス

ガチョウが来たか

召使

軍勢が！

マクベス

顔面を　針で刺し
蒼白の　その顔を
血で赤く　染めるがいいぞ
臆病者め！　どこの軍勢?!　腰抜けめ！

召使

イングランドの　軍のようです

マクベス

おまえなど　引っ込んでいろ！

（召使　退場）

マクベス

やあ　シートン[28]よ！　胸くそが　悪くなる
ああいう奴を　見るだけで
そこのシートン！　この一戦で　決着だ
王の位を　続けられるか？　落とされるのか？
俺も随分　長生きしたが
俺の人生　しおれた枯れ葉
老齢に　相応しい　名誉　愛
従順な　子や孫や　友人なども
誰もいないし　何もない
その代わり　あるものは
口には出さぬ　呪いの気持ち
口先だけの　美辞麗句　へつらいだ
怖れから　逆らったりは　しないだけ
おーい　シートン！

（シートン　登場）

28　スコットランド王の鎧持ちは歴代シートンと呼ばれた

シートン

いかなる御用　なのでしょう？

マクベス

新たに何か　報告あるか？

シートン

これまでの　報告を

裏書きできる　ものばかり

マクベス

戦うぞ　この俺は

肉が骨から　削(そ)ぎ落とされる　その時までだ

鎧をここに　持ってこい！

シートン

まだ必要は　ありません

マクベス

俺は今　着るのだからな

騎兵を出して　領内を　調査せよ

怖いなど　言う者は　縛り首

鎧　今すぐ　持ってこい

病人の　容態は　いかがなものか？

スコットランドの医者

ご病気と　言うよりは

次から次と　来る妄想で

お休みに　なれません

マクベス

そこのとこ　治してやって　くれまいか？
心の病　治せぬとでも　申すのか？
記憶の底の　根の深い
悲しみを　取り去って
忘却誘う　甘い香りの　解毒剤にて
心に重く　のしかかる
毒素を洗い　清めることは　できないか？

スコットランドの医者

病人が　ご自分で
何とかなさる　気がないと

マクベス

医学など　クソ食らえ！
そんなものなど　要るものか！
（シートンに）鎧を着せろ！
指揮杖（しきじょう）を　よこすのだ！
シートン　兵を　すぐに出せ！
おい　医者よ！　領主ども
次から次へ　逃げていく
さあ早く！　急ぐのだ！
（医者に）なあ　医者よ
もし　おまえ　この国の　尿を調べて
病原を　突き止めて
本来の　健康を
回復させて　くれるなら

大声出して　褒めてやる
木霊が返り　二度褒めるほど
（シートンに）気が変わったぞ　脱がすのだ！
（医者に）ルバーブ　センナ　下剤なら
どんなものでも　いいからな
イングランドの　軍勢を
国外に　流し去ること　できぬのか？
奴らの噂　聞いているはず

スコットランドの医者

伺って　おりますが
戦いの　ご準備の　様子にて
うすうす　承知　しています

マクベス

（シートンに）鎧を持って　ついて来い！
死も滅亡も　怖れたり　するものか！
バーナムの森　ダンシネーンに　動くまで！

（マクベス　シートン　退場）

スコットランドの医者

ここから早く　逃げ出そう
お金をいくら　積まれても
戻ってくる気　一切ないわ

（退場）

第４場

バーナムの森近く　軍鼓　軍旗

（マルコム　シィワード　マクダフ　シィワードの子息　メンティース　ケイスネス　アンガス　レノックス　ロス　兵士たち　登場）

マルコム

皆の者　安らかに
部屋で休める　日は近い

メンティース

そのことを　疑う者は
誰一人　おりません　信じています

シィワード

この先の森　何という名だ？

メンティース

バーナムの森　そう申します

マルコム

兵士それぞれ　一人ずつ
枝を切り取り　それを頭に　挿頭（かざし）しつつ
敵の偵察　欺いて　進軍だ

兵士

命令に　従って　行動します

シィワード

暴君は　ダンシネーンに　籠城し

我が軍の　襲撃を　待ち構え

態勢を　整えている

マルコム

奴に残った　手はそれだけだ

兵は皆　機会を見つけ　逃げ出している

誰一人　自ら奴に

従う者は　いないよう

仕方なく　仕えてる　者ばかり

彼らの心　すでに奴から　離れてる

マクダフ

推測が　正しかったか

戦いの後　検証される

今からは　戦士としての

本分を　尽くすのみ

シィワード

もう時は　迫ってる

勝つか負けるか　決着つける　時は今

推量などは　あてにはならぬ

問題の　結果はすべて

戦場で　決着だ

その決戦へ　いざ進軍だ

（一同　退場）

第５場

ダンシネーン　マクベスの城の中庭

（マクベス　シートン　軍鼓と軍旗を持った兵士たち　登場）

マクベス

城壁に　旗を掲げろ！
兵士ども　叫んでおるな
「敵　来襲！」と
この城は　難攻不落
包囲など　何するものぞ
飢えと疫病　奴らはそれで　自滅だろうよ
裏切った　奴らが敵に
味方せぬなら　討って出て
白兵戦で　奴らなど　イングランドに
追い返すこと　できたのに

（奥で女の叫び声が聞こえる）

あの騒ぎ　いったい何だ？
シートン
女ども　泣き叫ぶ声

（シートン　退場）

マクベス
恐怖の味を　俺はほとんど　忘れちまった
かつて夜中に　悲鳴でも　聞いたなら
感覚が　冷え切って
不気味な話　聞くだけで
髪の毛が　逆立って
髪に命が　あるかのように　震えたものだ
今は恐怖を　味わい尽くし
殺人の　いかに悲惨な　ものであれ
驚愕などは　一切ないわ

（シートン　登場）

何だったのだ？　あの叫び声
シートン
奥さまが　お亡くなりです
マクベス

人はいつかは　死ぬけれど
まだあと少し　生かせておいて　やりたかったぞ

明日（あした）　明日と　また明日
わずかな歩み　次の日も　また次の日も
歴史の幕が　下りるまで
昨日という日　道化道
埃まみれの　死の旅路
儚（はかな）い燈火（ともしび）　燃え尽きろ！
人の命は　哀しい役者　影法師
舞台の上で　持ち時間
気取って歩き　騒ぐだけ
舞台下りれば　声は消え
阿呆が語り部　激情混じり　声高く
意味したものは　ただ無意味

（使者　登場）

何か伝えに　来たのだな
さあ早く　話すのだ！

使者

見たものを　言うために　来たのです
でも　どう言えば　いいものか？

マクベス

ぐずぐずせずに　言ってみろ！

使者

丘の上にて　見張り番　しておりました
バーナムの　森方面を　見ておりますと
突如とし　なぜだか　森が　動き出し……

マクベス

嘘をぬかすな！　たわけ者！

使者

もしこれが　嘘ならば　どんな怒りも
甘んじて　受けましょう
この先の　三マイルまで
森が　迫って　来ています
本当に　森が動いて　いるのです

マクベス

もし嘘ならば　一番近い　木の枝に
生きたまま　吊るし上げ　日干しにするぞ
真実ならば　俺さまを
同じ目に　遭わせるがよい
魔性(ましょう)の奴ら　二枚舌など
巧みに使い　真実めいた
ことを言い　騙しやがった
「バーナムの森　ダンシネーンの　丘に向け
攻め寄せて　来るまでは　盤石だ」
その森が　ダンシネーンに　今　向かってる ?!

武器を持て！　出撃だ！
この男　言ってることが　本当ならば
逃げ出すも　踏みとどまるも　同じこと
もう陽の光　見るのさえ　いやになったぞ
この世の秩序　崩壊するが　目の保養
鐘鳴らせ！　風よ吹け！　破滅よ来たれ！
せめて死ぬ時　鎧を着けて　死んでやる！

（一同　退場）

第6場

ダンシネーン　城門の前　軍鼓　軍旗

（マルコム　シィワード　マクダフ　木の枝を頭上に挿頭（かざ）した兵士たち　登場）

マルコム
ここまで来れば　もういいだろう
偽装の枝を　捨て去って　姿現せ
叔父さまと　ご子息は
第一陣の　指揮を執（と）り
マクダフと　私とは
作戦通り　後陣のこと

お引き受け　いたします

シィワード

ご武運を　祈ります
暴君の　軍勢と
今宵にも　相まみえれば
死力を尽くし　戦い抜くぞ

マクダフ

進軍ラッパ　吹き鳴らせ！
息ある限り　吹き続け！
高らかな音　流血と死の
先駆けとして　進軍だ！

（一同　退場）

第７場

荒野の別の場所

（マクベス　登場）

マクベス

窮地にまでも　追いやられたぞ
もう逃げられん　杭（くい）に括られ

群がる犬と　闘う熊[29]に　そっくりだ
女から「ま(正)さしく」生まれし　者でない奴
いったいそれは　何者だ?!
怖いのは　そいつだけ
それ以外　怖れる奴は　いないのだ

（シィワードの子息　登場）

子息

名を名乗れ！

マクベス

聞いたなら　震え上がるぞ

子息

何を言う！　地獄のどんな　悪魔より
貴様の名前　怖ろしくとも
怖気(おじけ)づいたり　するものか

マクベス

俺の名は　マクベスだ

子息

ああその名前　どの悪魔より　忌まわしい

マクベス

より怖ろしい　分かったか！

29　シェイクスピアの時代に街頭で行われた見世物「熊いじめ」（杭に繋がれた熊に数匹の犬をけしかけて闘わせた）

子息

何を言う！　悍ましい　暴君め！
この剣で　おまえの口を　封じてやるぞ！

（二人は斬り合う　子息が殺される）

マクベス

おまえもやはり　女から
「まさしく(正)」　生まれし　男だったな
そんな男が　剣などを
振り回しても　虚仮威(こけおど)し

（マクベス退場　　　マクダフ登場）

マクダフ

この辺りだな　マクベスよ！　顔を出せ！
ここで貴様を　倒さねば
妻や子の　亡霊が
永久に　私を恨み　続けよう
棍棒を　振り回す　やせ衰えた
傭兵などを　倒す気はない
我が相手　マクベス一人
奴と　切っ先　交えねば
虚しく剣は　鞘に収める　ことになる

そこら辺りに　貴様　いるはず
激烈な　斬り合いの　音からすると
名の知れた　大物が
暴れ回って　いるはずだ
運命の神！　マクベスに　出会わせてくれ
それだけが　我が願い

（マルコム　シィワード　登場）

シィワード
どうぞこちらへ　マルコム王子
城は難なく　落ちました
暴君の　家来ども　敵味方
相対(あい)し　戦っている
我が軍の　領主らの
奮戦も　見事であった
戦いの　帰趨(きすう)はすでに　明らかだ
マルコム
敵ながら　こちらの側に
ついた者さえ　おりました
シィワード
ご入城　なされたし

（一同　退場）

第８場

荒野　また別の場所

（マクベス　登場）

マクベス

誰がローマの　馬鹿者[30]の
真似をして　自らの剣
それで命を　絶ったりするか！
生きてる限り　斬り続けるぞ　奴らには！

（マクダフ　登場）

マクダフ

待て！　貴様　地獄の犬め！

マクベス

貴様とだけは　出会うのは　避けていた
貴様こそ　逃げるがいいぞ
俺の剣　貴様の家族
その血をすでに　浴び過ぎている
俺には　それは　多過ぎる

30　ローマの勇士は命運尽きたと悟ると自害した

マクダフ

言語道断！　この剣が　ものを言う
言葉では　言えぬほど
悪逆な　所業（しょぎょう）を為して
血に飢えた　殺人鬼めが！

（二人　戦う）

マクベス

あがこうと　無駄なこと
鋭い剣で　空（くう）を斬っても　無意味なように
俺の体の　血を流すこと　できやしないぞ
勝負するなら　勝てる奴　狙うがよいぞ！
俺にはな　不死の呪（まじな）い　かかってる
女の身から　「正（まさ）しく」生まれし　奴にはな
絶対に　殺られることは　ないんだぞ

マクダフ

そんな呪（まじな）い　望みない
おまえが縋（すが）る　その悪魔らに
字の読み方を　しっかり習え！
「正（まさ）しく」は　「正（ただ）しく」[31]と　読むんだからな

31　原典　“woman born”は「産道を通って自然分娩で生まれる」という意味で、当時の帝王切開など「正しい」出産ではなく、子供が生まれたとしても、母親は死んだ

私はな　女から「正しく」は　生まれていない
臨月前に　母親の
子宮を切って　取り出されたぞ　分かったか！

マクベス

そんなこと言う　おまえの口に　呪いあれ！
俺の勇気は　挫けちまった
あのいかさまの　魔女どもめ　もう信じるか！
二枚舌など　使いやがって
この俺を　たぶらかし
俺の耳には　約束を
守るのだ　そう見せかけて
その裏をかき　俺の望みを　打ち砕く
おまえとは　戦う気力　無くなった

マクダフ

そうならば　降参いたせ　臆病者め！
生きて　世間の　見世物となり
晒し者にと　なるがいい
世にも稀なる　怪物として
絵姿の　看板を　高く掲げて
その下に　こう書いてやる
「ご披露します　これぞ暴君！」

マクベス

降参なんか　するもんか！
あの若造の　マルコムなどに　平伏し

罵詈雑言(ばりぞうごん)を　受けたりするか！
バーナムの森　ダンシネーンに　押し寄せようと
女から　「正(ただ)しく」は　生まれていない
男が俺に　刃向かって　戦うのなら
俺は頼みの　盾を持ち　構えよう
さあ　勝負！　マクダフよ！
「待て　参った！」と　言った男が　地獄落ち！

（二人　斬り合いながら退場）

（軍鼓と軍旗とともに　戦いの終結のトランペットの音）

第9場

城内

（マルコム　シィワード　ロス　レノックス　アンガス　ケイスネス　メンティース　兵士たち　登場）

マルコム

行方不明の　味方の者が
無事に戻って　来ること祈る

シィワード

命落とした　者も少しは　いるだろう
だが見たところ　大勝利

マルコム

マクダフ殿の　行方が未だ　知れません
それに　あなたの　ご子息が

ロス

ご子息は　ご立派な
騎士らしい　最期であった
まだ成年に　達してないが　怯(ひる)まずに
勇敢に　戦って
堂々とした　お姿でした

シィワード

そうだったのか　死んだのか

ロス

戦場からは　ご遺体の
移送は無事に　済みました
ご子息の　大切さ　思うなら
お嘆きは　尽きないと　存じます
悲しみのほど　お察し申し　上げまする

シィワード

向こう傷　だったのか？

ロス

真正面です

シィワード

それでこそ　神の兵士だ
髪の毛ほどに　多くの息子　いようとも
それ以上　見事な最期　望めない
この言葉にて　弔いの　鐘とする

マルコム

いやそれだけで　悲しみを　語るには
充分だとは　言えません
私が代わり　述べましょう

シィワード

もうこれでよい　見事に死んだ　者たちは
それで　この世の　務めを終えて
神のもとへと　行けるのだ
また新たなる　吉報が！

（マクダフが　マクベスの首を持って登場）

マクダフ

王よ万歳！　これで今
国王に　なられましたぞ
ご覧ください　王位奪った
忌まわしい　奴の首
祖国に自由　戻りましたぞ
王国の　大事な人に　囲まれて

みんなが共に　万歳の
唱和を願い　控えています
まず不肖　この私　その声を
高らかに　上げましょう！
スコットランド　王よ　万歳！

全員

スコットランド　王よ　万歳！

マルコム

それほど時を　要せずに
皆の者　その忠節を　慮(おもんばか)って
然(しか)るべく　報いることに　なるでしょう
領主たち　我が親族を　伯爵とする
スコットランド　王として
これが初めの　栄位です
さらにまた　この新しい　世に合った
新たなことを　為すつもり
暴君の　目を逃れ
国外に　身を隠してる
友をこの地に　呼び戻す
死んだこの　暴君の
鬼にも似たる　その妃(きさき)
凶暴な　自らの手で　命を絶った
その残忍な　手先となった
者どもを　捜し出す

やるべきことは　神のお慈悲に　従って
時と場所など　選んだ後で　執り行おう
みんな一様　そしてまた　一人ひとりに
心より　礼を述べます
恒例により　スクーンで
行われます　戴冠式に
皆さまを　ご招待　いたします

（一同　退場）

あとがき

シェイクスピアは印刷技術の普及により、世界中の人々に愛読され、彼の死後400年以上経った現在、数多くの言語に翻訳されているし、もちろん世界各地の舞台で上演されている。イギリスのみならず、他の国の数多くの劇作家、小説家、詩人にしても、誰一人シェイクスピアほど、国を問わず愛読されている作家はいないのではないだろうか。

日本はと言うと、小説は受け入れられていたが、戯曲は読み物として敬遠されてきた国である。その国でさえ、シェイクスピアの作品は坪内逍遥以来読まれ続けている。その理由は、彼の描く登場人物には共感でき、作品の内容に心に響くものがあるからだろう。

シェイクスピアより８歳年下で、劇作家であり詩人でもあるベン・ジョンソンは、彼を「正直者で率直、自由闊達（かったつ）な性質で、愛すべき人物だ」と、語っている。きっと、シェイクスピアは心優しくて、良い人だったのに違いない。

話は変わるが、この翻訳を手掛けて、訳文をWordソフトに書き込んでいる間、ロシアのプーチンによるウクライナ侵略のニュースが、パソコンの画面に、日々、刻々と入って来ていた。第二次世界大戦後、ヨーロッパのどこかの国が他の国を侵略するようなことが起こるなど思ってもみなかった。青天の霹靂（へきれき）である。

平和憲法を誇りにしていた日本国民の多くも、このウクライナの人々の惨状を目（ま）の当たりにして、自分が平和でいようと思っても、賊が武器を持って家宅侵入してきて、自分だけでなく妻子の命を奪おうとしたり、家からも、故郷からも、国からも追い出そうとすれば、戦わざるを得ないし、戦うのに素手でというわけにはいかない。やはりそれ相応の武器が必要だと気づいたに違いない。

まずは、人間の中に「動物本能の《種（たね）》」が存在することを前提として、そこからのモラル教育、規則を重んじる精神、他者を慮（おもんばか）る心を養成することが肝心だ。

私にはダンカン王を殺害して王位を簒奪（さんだつ）したマクベスと、狡猾な手段で手に入れたクリミア半島と、そこへの陸地続きのウクライナ東部と東南部全体を武力で奪取しようとするプーチンが二重写しになって見える。シェイクスピアが描いたマクベスの顔は知る由（よし）もないが、なぜかあの鋭い目つきのプーチンの腫れ上がった顔を心に浮かべつつ、『マクベス』を七五調で翻訳していた。

魔女に唆（そそのか）されてダンカン王を殺したマクベスは、後世の王を生み出すことにもなるバンクォーを殺し、何の罪もないマクダフの妻子をも殺害し、世は作中人物のロスが描写するように、まさに恐怖時代である。ロスが語る祖国の状況は、今のウクライナの人々の嘆きをも表しているのではないだろうか。

ああこんなにも　惨めな祖国
自分のことを　知るのを怖れ　怯えてる国
祖国などとは　思えない　墓場のようだ
・・・・・
溜息や　うめき声　泣き叫ぶ声
天空に　響いてる
・・・・・
善良な　人の命が
帽子を飾る　花よりも　短く咲いて
時ならずして　散ってゆく
・・・・・
一時間前の　惨事さえ
新たなものが　加わって
すぐ古く　なるのです

マクベスはまずダンカン王を殺し、刺客を使ってバンクォーを殺害する前に、「悪事は　悪事重ねるごとに　強くなる」と豪語し、次に行うマクダフ一家惨殺の前には、「血が流れれば『血が血を呼ぶ』と言われている」と明言する。

さらに、マクベスが行動を決意する場面がある。

計画と　行動は　手を取り合って

たった今から　進まねば
考えと　行動を　合致させ
思いついたら　即時　行動　することだ
手始めに　マクダフの城　急襲するぞ
ファイフの領土　奪取して
奴の妻や子　親類縁者　共々に
一人残らず　斬り殺す

今、プーチンがウクライナの人々を虫けらのように虐殺して、他人の土地や財産、そして「命」を奪っている。彼には犠牲者に寄せる気持ちなどあるとは到底思えない。プーチンを唆した「魔女」は、いったい誰だったのだろう？　虐殺によって独裁的な権力を握ったスターリン？　いや、魔女を司る悪魔の王は彼自身だったのかもしれない。心優しくて、良い人だったシェイクスピアと天地の差がある。

人間らしい「心優しい」気持ちのある人が為政者であり、一国の長に選ばれるような社会であるよう、これが儚（はかな）い夢と知りつつも、それを信じてこの作品を閉じることにする。

・・・・・・・・・・・・

訳者として、全力を尽くしたつもりなのですが、力が及ばなかった点は数々見られると思います。ご容赦ください。

なお、この作品を出版していただいた風詠社の大杉剛さま、いつも心を込めて編集していただいている藤森功一さま、校正をしていただいた阪越ヱリ子さま、そして煩雑な作業を快く引き受けてくれた藤井翠さまに、感謝申し上げます。

2022年5月

訳者　しるす

著者略歴

今西 薫
京都市生まれ。関西学院大学法学部政治学科卒業、同志社大学英文学部前期博士課程修了（修士）、イギリス・アイルランド演劇専攻。元京都学園大学教授。

著書

『21世紀に向かう英国演劇』（エスト出版）
『*The Irish Dramatic Movement: The Early Stages*』（山口書店）
『*New Haiku: Fusion of Poetry*』（風詠社）
『*Short Stories for Children by Mimei Ogawa*』（山口書店）
『*The Rocking-Horse Winner & Monkey Nuts*』（あぽろん社）
『イギリスを旅する35章（共著）』（明石書店）
『表象と生のはざまで（共著）』（南雲堂）
『詩集 流れゆく雲に想いを描いて』（風詠社）
『フランダースの犬、ニュルンベルクのストーブ』（ブックウェイ）
『心をつなぐ童話集』（風詠社）
『恐ろしくおもしろい物語集』（風詠社）
『小川未明&今西薫童話集』（ブックウェイ）
『なぞなぞ童話･エッセイ集（心優しき人への贈物）』（ブックウェイ）
『この世に生きて　静枝ものがたり』（ブックウェイ）
『フュージョン・詩 & 俳句集 —訣れの Poetry —』（ブックウェイ）
『アイルランド紀行 —ずっこけ見聞録—』（ブックウェイ）
『果てしない海 —旅の終焉』（ブックウェイ）
『J. M. シング戯曲集 *The Collected Plays of J. M. Synge*（*in Japanese*）』（ブックウェイ）
『社会に物申す』純晶也［筆名］（風詠社）
『徒然なるままに —老人の老人による老人のための随筆』（ブックウェイ）
『「かもめ」&「ワーニャ伯父さん」—現代語訳チェーホフ四大劇 I —』（ブックウェイ）
『New マジメが肝心 —オスカー・ワイルド日本語訳』（ブックウェイ）
『ヴェニスの商人』—七五調訳シェイクスピアシリーズ〈1〉—（ブックウェイ）

＊表紙にあるシェイクスピアの肖像画は、COLLIN'S CLEAR-TYPE PRESS（1892年に設立されたスコットランドの出版社）から発行された *THE COMPLETE WORKS OF WILLIAM SHAKESPEARE* に掲載されたものを使用していますが、作者不明のため肖像画掲載に関する許可をいただいていません。ご存知の方がおられましたら、情報をお寄せください。

『マクベス』　七五調訳シェイクスピアシリーズ〈2〉

2022年10月4日　第1刷発行
著　者　今西　薫
発行人　大杉　剛
発行所　株式会社 風詠社
〒553-0001 大阪市福島区海老江 5-2-2
大拓ビル 5 - 7 階
Tel 06（6136）8657　https://fueisha.com/
発売元　株式会社 星雲社
（共同出版社・流通責任出版社）
〒112-0005 東京都文京区水道 1-3-30
Tel 03（3868）3275
小野高速印刷株式会社
©Kaoru Imanishi 2022, Printed in Japan.
ISBN978-4-434-30970-0 C0097

乱丁・落丁本は風詠社宛にお送りください。お取り替えいたします。

『マクベス』

七五調訳シェイクスピア
シリーズ〈2〉

今西 薫

Kaoru Imanishi

風詠社